나의 소원은, 나였다

나의 소원은, 나였다

곽세라 지음

앤의
서재

당신이 눈물이 많은 사람이었으면 좋겠다.

요즘의 나는 강단 있고 굳센 사람들과 잘 어울리지 못한다.

내가 아직 겨울을 나고 있는 중이기 때문일 것이다.

그냥 함께 울어줄 마음 약한 사람에게 끌린다.

말기 암 선고를 받고 1000일이 흘렀다. 그 긴긴 겨울 내 마음을 스치고 간 풍경들을 매일 어딘가에 적어야 했다. '나'인 채로 살아남기 위해 할 수 있는 일은 그것뿐이었다. 마음이 내 모양을 잃지 않도록 나는 겨울 강의 오리처럼 소심하게 발버둥쳤다. 아주 잠깐 햇살 같은 순간이 오면 찌그러진 폐로 헐떡거리면서 휴대폰으로 녹음을 했다. 누군가에게 따뜻한 말이나 표정을 받을 때면 허위허위 휴지건 컵받침이건 손에 닿는 대로 적어서 베개 밑에 넣고 잤다. 그런 조각들이 온기가 되어 나를 지켜주었다.

물론 온기만 있는 것은 아니었다. 훨씬 더 자주, 얼음 조각 같은 절망과 고통이 나를 찔렀다. 겨울은 춥고 아프다. 그리고 어떤 형태로든 우리에게 자국을 남긴다. 나는 그 상처들도 써서 모았다. 자기연민이라는 오락거리가 필요한 밤에 꺼내볼 수 있도록.

내가 언젠가 기어이 이 이야기를 하게 될 것이란 걸 알았다. 하지만 수북이 쌓인 그 메모 조각들을 다시 들추는 것은 생각보다도 고통스러운 일이었다. 내가 한 줄을 쓰면, 겨우 아물기 시작한 상처들이 그 한 줄을 읽고 갔다.
그리고 다시 아파했다. 목이 메어서, 때론 너무 벅차서
종종 숨을 골라야 했다.

　힘내지 말라는 말을 해주고 싶었다. 찻잎처럼 힘을 빼
고 가만히 숨 쉬면서 우리는 진해질 수 있다고. 삶이 겨
울을 지날 때 우리는 작아지고 약해지는 대신, 진해진다.
　'암 말기'의 반대말은 완치가 아니라 '진하게 살아있기'
였다.
　그러니까 '더 헤프게 웃기'였다.
　서둘러 사랑하기.
　더 주기.

울며 뒤척이고, 그리워 가슴을 뜯고, 이별을 알면서도 놓지 못하는 것이 사랑이라면, 나는 지난 1000일 동안 사랑을 했다.

조각조각 이어 붙인 남루한 이불 같은 글이 되고 말았지만, 어디선가 자신만의 겨울을 견디고 있을 마음들에게 이 책을 바친다. 우리가 함께 덮고 이 겨울을 건널 수 있기를.

2025년 1월
곽세라

차
례

이것은 또 여행 이야기이다.

나는 여행 이야기밖에 쓸 줄 모른다.

그 녀 의

마 지 막

거 짓 말

닥터 커넬을 만나러 가기 전, 술을 마셨다. 물론 미친 짓이었다. 하지만 나는 그때 미친 짓 말고는 할 수 있는 게 없었다. 의사와의 약속은 3시였고, 나는 1시쯤 술집에 갔다. 늘 지나가면서 보기만 했던 스포츠 바였다. 그곳이 유일하게 내가 아는, 낮부터 술을 파는 가게였다.

스포츠 바가 뭐 하는 곳일까 볼 때마다 궁금했는데 들어가 보니 술 마시면서 스포츠 경기에 돈을 걸고 베팅을 하는 곳이다. 천장에 커다란 스크린이 빽빽하게 달려 있고 경마와 조정, 럭비 경기가 요란하게 중계되고 있다. 바를 채우고 있는 이들의 대부분은 턱수염과 문신으로 무장을 한 남자들이다. 한 손엔 맥주병을, 다른 한 손엔 번호가 적힌 종이를 들고 있는 이들은 눈을 이글거리며 이를 갈면서 화면을 노려보고 있다. 프라이드치킨 바구니를 끌어안고 구석 자리 소파에 모여 앉은 이들은 벌써 취해서 가라오케 기계로 노래를 부르고 있다.

그들 틈에 서있는 나는 마치 잘못 배달된 음식 같았다. 내가 알던 나였다면 문을 열자마자 황급히 뒤돌아 나왔을 것이다. 아니, 애초에 이런 시간에 이런 곳에 발을 들이지도 않았을 것이다. 하지만 49년 동안 내가 알던 그 여자에게 나는 막 배신을 당한 참이다. 비켜! 거칠게 그녀를 밀어젖힌다. 그 여자가 하는 짓들이라면 이제 진절머리가 난다.

천천히 바 테이블 쪽으로 걸어갔다. 막 나가야 한다. 여기서 뭐가 더 나빠질 수 있겠어? 이미 물에 빠져서 팬티까지 젖어버렸는데 이 위에 술 한 잔 더 붓는다고 뭐가 달라지지? 하지만 맹세컨대 그곳은 내가 가본 곳 중 가장 외로운 곳이었다. 나는 천천히 바 테이블 쪽으로 걸어갔다.

'뭐지, 저 여자는?' 내가 다가오는 것을 보고 바텐더들이 재빨리 눈빛을 교환하는 것이 보였다. 등을 떠밀렸는지 그중 유일한 여자 바텐더가 날 맞았다.

"도와드릴까요?"

보통은 '뭘로 드릴까요?'라고 묻는다. 내게 도움이 필요해 보였던 걸까? 술이 아니라 도움이? 나는 못 들은 척 바의 높은 의자를 잡아 빼며 말했다.

"술을 마시고 싶어요. 메뉴를 보여주세요."

주류 메뉴가 적힌 널빤지를 건네준다. 그녀의 까만 유니폼 위로 '폭시 foxy'라는 명찰이 달려 있다. 아마도 본명이 아닐 것이다.

"해가 질 때까지 위스키나 럼 같은 술은 팔지 않아요. 지금은 맥주나 와인, 칵테일만 가능해요."

그녀는 지나치게 길다 싶은 손가락으로 메뉴의 윗부분을 톡톡 두드렸다. 맥주나 와인을 마실 수는 없었다. 너무 일상적이다. 난폭하고 정신 나간 게 필요했다. 칵테일 메뉴를 눈으로 훑었다. 사람들은 언제나 칵테일에 기가 막힌 이름을 붙인다. 그중 한 이름에 마음이 찰칵 소리를 낸다.

'그녀의 마지막 거짓말'

이걸 마셔야겠어. 내가 마지막으로 듣고 싶은 말은 거짓말일지도 모르니까. 내가 그 칵테일을 손가락으로 가리키며 올려다보자 폭시가 희미하게 웃었다.

"굿 초이스! 내가 만든 칵테일이에요. 진 토닉 좋아해

요? 그거랑 베이스는 비슷한데 섞는 방식이 달라요. 빙
수처럼 간 얼음이랑 짠맛이 나는 리큐어를 함께 흔들면
맛이 훨씬 위험해지죠."

사내들을 위해 맥주병만 따다가 자신이 디자인한 작
품을 주문 받자 흥이 올랐는지 폭시는 춤추듯 칵테일 볼
을 흔들었다. 내 앞에 놓인 글라스에 연한 녹색 빛이 감
도는 액체를 따라준다. 라임향이 떠돌았다. 이토록 순진
한 얼굴로 거짓말을 하는 그녀가 진정 나쁜 여자이길. 나
는 한 모금 크게 마셨다.

"천천히 마셔요. 위험한 칵테일이라고 분명히 경고했
어요."

폭시가 칵테일 볼을 씻으며 장난기 가득한 얼굴로 말
한다.

"참, 내가 술고래라고 경고 안 했던가요?"

나도 짓궂게 웃으며 대꾸한다. 그녀의 첫 번째 거짓말.
글라스를 들어 남은 술을 단숨에 마셔버림으로써 내 말
을 증명해 보였다. 시계를 보았다. 1시 20분. 미친 짓을
더 할 시간은 충분했다.

"한 잔 더 주세요."

폭시는 아무 말 없이 다시 칵테일 볼을 흔든다. 두 번
째 글라스에 그녀가 술을 따르기도 전에 첫 잔이 날 장악

해 왔다. 어금니를 뽑으려고 마취주사를 맞은 것처럼 혀가 얼얼하게 마비되더니 심장의 고삐가 풀렸다. 허둥지둥 눈물이 흘러내린다. 도와줘, 내 마음이 무너지고 있어. 무슨 말이든, 어떤 말이든 내게 해줘. 밑도 끝도 없이 다정한 말이 듣고 싶었다. 상냥한 거짓말, 무책임한 거짓말. 젠장, 누가 나를 무릎에 앉히고 얼러준다면 어금니라도 내어줄 수 있었다.

"… 도와 … 드릴까요?"

폭시가 다시 물었다. 나는 있는 힘을 다해 고개를 끄덕였다. 헬리콥터를 향해 조난자가 깃발을 흔들 듯. '네, 도와주세요! 괜찮을 거라고 말해주세요. 다 괜찮을 거라고.'

술 취한 누군가가 마이크를 집어 삼킬 듯 노래 부르는 소리가 들린다. 본 조비의 〈잇츠 마이 라이프〉였다.

'내가 영원히 살 수 없단 걸 알아. 그저 사는 동안 난 살아있고 싶을 뿐이야. 살아있다는 걸, 그걸 느끼길 원할 뿐이라고!'

살아
있다는
농담

닥터 커넬이 눈앞에 있다. 유명한 암 전문의. 그는 제라르 드빠르디유처럼 코가 크고 뱃살이 두둑했다. 티타늄 안경테가 푸르게 반짝인다. 그는 노련한 의사답게 가벼운 잡담으로 시작했다. 그런 거라면 나도 자신이 있었다. 클럽메드 시절, 난 꽤 인기 있는 지오G.O였다. 그건 누구와도 즐겁게 잡담을 할 수 있다는 뜻이다. 언제라도, 언제까지라도.

유쾌하지만 본질은 건드리지 않는 주제로 표면만 살짝살짝 스치며 빠른 템포로 이야기를 밀고 나가는 게 중요하다. 나는 그의 안경을 칭찬했고 그게 베르사체인지

나의 소원은, 나였다

물었다. 그리고 그의 실크 넥타이로 넘어가서 남자친구에게 선물했던 넥타이와 무늬가 똑같다고 재잘거렸다.

나는 필요 이상으로 밝게, 많은 것들을 이야기했다. 어쩌면 필사적으로 쓸데없는 것들을 이야기했다. '그쪽'으로 가는 걸 늦추려고. 이쪽 세상의 마지막 햇살 끄트머리를 잡고 해 지는 놀이터에서 조금이라도 더 놀려고 하는 아이처럼 버텼다. 이야기가 '그쪽'으로 흘러가게 두어서는 안 된다. 끝없이 수다를 떨어서 혼을 쏙 빼놓으면 운명을 속일 수 있을지도 모른다. 혹시 내 병명을 헷갈려서 그냥 감기약을 처방해 보내줄지도. 더 빠져들만한 이야기를 하자. 네가 아는 가장 매혹적인 이야기를 꺼내 봐.

닥터 커넬은 친절한 사람이었다. 자비롭게 내 이야기에 웃어주었고 일일이 흥미로운 표정을 지어주었다. 하지만 그는 문지기로서의 소명을 잊지 않는 프로였다. 마침내 그가 '그쪽' 세상의 문을 열었다. 아주 젠틀하게. 그는 스크린에 나의 CT, MRI, PET 스캔 사진을 띄웠다. 그리고 지금부터 내가 머물게 될 세상에 대해 안내하기 시작했다.

"자, 여기 이 '부분들'입니다. 이게 큰 '부분'이고. 음, 오른쪽 간의 거의 대부분을 차지했네요. 그리고 점점이 보이는 것들이 작은 '부분들'인데, 왼쪽 간으로 전이된 것입니다. 척추와 갈비뼈, 골반에도 미세한 '부분'들이 눈에 띄네요."

나는 사려 깊게 선택된 모호한 단어들을 해석할 여유가 없었다.

"부분이라고요? 어떤 부분 말씀이신가요? 부분이라는 게 정확히 무슨 뜻이죠?"

닥터 커넬은 안경을 천천히 벗고 자신의 손을 바라보며 대답했다.

"종양이란 뜻입니다."

"암 덩어리란 말이죠?"

"요샌 그런 용어를 잘 쓰지 않아요."

인간은 언제쯤 어리석기를 멈출 것인가! 이름을 바꿔 부르면 존재가 바뀐다고 생각한다.

"큰 '부분'은 얼마나 크죠?"

"지름이 약 21센티미터…."

그는 자신의 장식장 선반에 놓인 럭비공을 힐끗 보았다. '저만큼 크죠'라는 말을 꿀꺽 삼키는 것이 보였다. 나는 그 럭비공을 빤히 바라보며 물었다.

"암이 저렇게 커지는 게 흔한가요?"

그는 바로 답하지 않았다. 지난 25년간의 기억의 파일을 꼼꼼히 뒤져보고 있는 것이리라. 혹시 내가 이 정도

크기의 종양을 본 적이 있나? 보고서 잊어버리지는 않았나? 이윽고 머리 위에 물컵을 올린 사람처럼 닥터 커넬은 근엄하게 고개를 저었다.

"사실, 몸 안에서 종양이 이렇게까지 크게 자라는 경우는 거의 없기 때문에 스캔을 두 번 했어요. 의료진들 사이에서도 의견이 분분했거든요. 하지만 정밀검사 결과 신경내분비종양이 확실하다는 결론을 내렸어요. 신경내분비종양 자체가 아주 희귀한 데다가 종양이 흉곽 거의 전체를 차지할 만큼 거대한 케이스는 희귀하다는 말조차 무색할 만큼 드뭅니다."

아하하하, 나는 웃음을 터뜨렸다. 술을 마시길 잘했어. 아주 잘했어. 뒤틀린 마음이 꿈틀거리며 쓰라리게 신이 났다. 먹물색 축포가 터져 내 심장을 시커멓게 뒤덮었다. 브라보! 내가 말했지? 언젠가는 세계를 제패할 거라고. 봐, 암 챔피언이 되었어. 세계 신기록이라고!

"정말 굉장한 거네요, 그렇죠?"

둘만 있는 공간에서 기분은 전염이 빠르다. 내가 웃으며 쾌활한 목소리를 내자 닥터 커넬은 어이가 없는 와중에도 긴장이 풀렸는지 단어 검열의 끈을 확 늦춰버린다.

"솔직히, 난 당신이 아직 살아있다는 게 믿어지지 않아요."

시한부 선고가 사치스런 일이었다는 걸, 그 순간까지는 알지 못했다. 그건 드라마나 영화에서 최후의 한 방으로 내거는 설정이었다. 모든 것이 용서되는 신비의 알약이기도 했다. 적당히 비열하고 적당히 삶에 넌더리를 내는 보통 인간에게 일어날 수 있는 최악의 사태.

'시한부 선고'를 받은 사람들은 해 지는 바닷가를 쓸쓸히 거닐거나 엄마와 여행을 떠나거나 빨갛게 염색을 하고 번지 점프를 했었지. '3개월 남았습니다', '반년을 넘기지 못하실 겁니다' 하는 의사의 말들이 오버랩되면서. 3개월, 반년이라니! 갑자기 그 시간의 부피가 3개월의 생일 파티나 반년간의 유급휴가처럼 비현실적으로 들린다. 그건 아직 그들의 시간이 그렇게나 남았다는 뜻이었다. 아직 파티가 끝나지 않았다는, 그러니 아직 더 놀다가라는 초대였다.

그런데 내 앞에 있는 의사는 지금 내 파티가 이미 끝났다고 말하고 있다. 다 끝난 텅 빈 파티장에 혼자 서성이고 있는 날 발견하고는 깜짝 놀란 경비원처럼 '여기서 뭐하고 있는 거예요?'라고 묻고 있다. 그 뒤론 무슨 이야기를 나누었는지 기억나지 않는다. 그저 내가 단정하게 감사를 표하고 악수를 나눈 뒤 앉았던 의자를 밀어넣고 나왔던 기억만 있다.

나의 소원은, 나였다

진료실을 나오며 나는 사라질 결심을 했다. 그건 선택이 필요한 순간마다 내가 해온 일이다. 엘리베이터 버튼을 누르는 대신 계단으로 통하는 문을 열었다. 어둑한 층계참에 쪼그리고 앉아 철제 난간에 얼굴을 기댔다. 혹시 그렇게 하면 사라져버릴 수 있을까 해서.

　　이대로 시골로 가서 당근을 키우면서 살까? 나는 당근이 마음에 든다. 쨍한 색깔의 그 뿌리채소가. 자기가 단장을 다 마칠 때까지 땅 밑에 몸을 숨기고 있는 자존심도 귀엽다. 당근 주스를 마시고 암을 완치했다는 이야기도 숱하게 떠돌아 다닌다.

　　아니, 더 확실한 방법이 생각났다. 층계를 끝없이 내려간 곳에서 영영 길을 잃는 것이다. 이 층계 끝에 '잃어버린 것들의 골짜기'가 있어서 나도 그곳에 수납될 수 있다면! 사람들이 한동안 날 구석구석 찾다가 포기해 버리고는 '몰라, 잃어버린 것들의 골짜기로 가버렸나 봐' 하고 어깨를 한 번 으쓱 하고 말기를.

　　외할머니는 눈에 보이지 않는 세상을 믿으셨다. 그리고 그 세상의 존재들을 두려워하셨다. 평생 교회나 절에 다니신 적은 없지만 그런 면에서는 굉장히 종교적인 분이셨다. 한여름에도 내가 현관에서 신발을 신는 기척이 느껴질 때마다 "눈이 올라, 나가지 마라" 하셨고 나는 "나

아무 데도 안 가, 할머니!" 하고 외치고 나서야 현관문을 열 수 있었다. 할머니는 그런 식으로 액운을 속일 수 있다고 믿으셨다. 밖에 나가서 일어날 수 있는 모든 불행들 — 차에 치이거나, 돌부리에 걸리거나, 못된 인간에게 쫓기거나 — 을 원천 봉쇄하는 신묘한 거짓말. '우리 손녀는 아무 데도 안 갔어요. 내가 딱 집 안에 붙들어 두었는 걸요.' 내가 그 말을 안 하고 집을 떠나서 이 꼴이 난 것인가? 이 한여름에 펑펑 내린 폭설에 갇혀 오도 가도 못 하게 된 것인가? 나 이젠 아무 데도 못 가, 할머니.

암 환 자 는
'왜?'라고 물어선
안 된다

그 방에 들어가기 전, 내가 알던 세상은 안전한 곳이었다. 상식이 통하고, 원인과 결과가 있고, 노력은 인색하나마 결실을 맺고, 정직한 나무꾼은 금도끼와 은도끼를 얻고, 지난주에 만난 친구는 다음 주에도 만날 수 있는 곳 말이다. 중세 유럽처럼 콜레라에 휩쓸려 죽거나, 길 가다가 말을 타고 달리는 기사에게 목이 잘려 나가거나, 고양이를 키운다는 이유만으로 마녀로 몰려 화형 당할 염려가 없는 곳. 예상치 못한 위협으로부터 안전한 곳.

세상의 룰이 언제 이렇게 이상하게 바뀌어버린 거지? 순간, 가장 중요한 질문을 빠뜨렸다는 걸 깨달았다. 그건 삶이 내게 준 매뉴얼 안에, 살아가는 이들을 위한 인생 안내서 안에 명시되어 있는 떳떳한 나의 권리였는데. 계단을 뛰어올라 다시 진료실로 돌격했다. 문을 벌컥 열고 마땅히 물어야 할 것을 물었다.

"왜죠?"

닥터 커넬은 느닷없는 나의 재등장에 놀란 것 같았다.

"왜 내게 그런 종양이 생겼나요? 난… 나는 술, 담배, 마약은 입에 대지도 않아요. 스물일곱 살 때부터 운동을 업으로 삼았고 마음의 평화를 위해 인도에 가서 명상을 공부했어요. 몸과 마음 다 튼튼해야 하니까요. 난 무려 요가 마스터예요. 또 운전을 못 하기 때문에 늘 걸어 다녀서 하루에 만 오천 보는 거뜬히 걷는다고요. 밤 11시 이전에 잠들어 7시에 일어나고, 하루에 한 끼는 과일만 먹고 미네랄도 챙겨 먹어요. 여기서 뭘 더 했어야 했나요? 이런 게 내 몸에 생길 이유가 하나라도 있었나요?"

수천 가지의 '왜?'가 다글다글 끓어올랐다. 닥터 커넬은 대답 대신 흰색과 감색이 뒤섞인 넥타이를 단정하게 올려 맸다. 넥타이 아래로 그의 두둑한 뱃살이 실크 셔츠에 위태롭게 달려 있는 단추를 팽팽하게 잡아당기고 있었다.

"나는 선생님보다 건강해요! 지금 당장 운동을 가르쳐

드릴까요? 이건 말도 안 돼요. 난 지난주까지도 트램펄린 위에서 춤을 추고 있었어요. 인생이 유쾌해서 견딜 수 없었다고요."

술의 위력은 대단했다. 마음속에 떠오르는 말들이 모두 튀어나왔다.

인생은 선택의 연속이란 말을 나는 믿었다. 내가 순간순간 선택한 것들이 십자수처럼 한 땀 한 땀 나의 삶을 채우는 것이라고. 그 촘촘한 선택들이 언젠가 내 삶의 큰 그림을 보여줄 것이라고. 나의 길, 나의 책임, 나의 운명, 그런 것들을 믿었던 나는 도대체 얼마나 순진했던 걸까? 정작 선택을 하는 쪽은 운명이었는데. 내가 선택할 수 있는 것은 고작 양말의 색깔이나 아이스크림의 맛 정도였는데. 아니, 이젠 그런 것들조차 순수하게 나의 선택이었던 건지 자신이 없다.

하지만 나는 옳은 선택을 해왔다고 믿었다. 최소한 간암 말기로 날 내몰만한 선택은 한 기억이 없다. 술과 마약에 찌들어 사는 걸로 유명한 록스타는 70대인 지금도 순회공연을 한다. 그가 평소에 자연 식물식을 할 거라고는 생각하지 않는다. 록스타까지 갈 것도 없다. 매일 담배를 세 갑씩 피면서 운동이라고는 담배를 사러 나가는 것뿐인 아래층 린지 할머니도 곧 아흔을 바라본다. 린지 할머니가 이따금씩 너무 많이 만들었다며 갖다 주는 닭 날개 튀김은 음식을 가리지 않는 나조차 먹기 힘들 만큼 짜고 기름지다. 언젠가 내가 삶은 호박과 고구마를 갖다 드렸을 때 할머니는 김이 모락모락 나는 접시를 한쪽으로 밀어버리셨다.

"에이그, 이런 건 할머니들이나 먹는 거야!"

린지 할머니가 내 인생의 롤 모델이 될 줄이야. 나도 89세가 될 수 있다면 반드시 한 손에 담배를 피워 물고 다른 한 손으로는 맹렬히 닭 날개를 튀기리라. 그보다 더 스타일리시한 노년은 상상할 수 없다. '웰빙', '힐링'이라는 말이 생기기도 전부터 집요하게 날 치유하겠노라고, 내 몸과 영혼을 말갛게 닦아내고야 말겠다고 고집스럽게 길 위에서 버텼던 지난 23년은 뭐였지? 구도하듯 수행했던 요가와 채식과 명상과 호흡법은 다 농담이었나? 그동안 나는 청춘을 바쳐 장난을 했나?

이것은 웰빙의 배신이다.

바른 생활의 배신이다.

마음 챙김의 배신이다.

결국 이렇게 될 줄 알았더라면 나는 헤픈 본성이 시키는 대로 거침없이 쾌락적인 삶을 선택했을 것이다. 그야 말로 마음 가는 대로 질펀하게 살았을 것이다. 어차피 초거대 종양에 먹혀 버릴 간이니 밤새 바닷가 바에서 데킬라를 마시고 춤을 췄을 것이다. 입을 대는 술잔마다 새빨간 키스마크를 남기는 여자가 되었을 것이다. 바람둥이 라티노가 권하는 궐련도 섹시하게 피워 물었을 것이다. 제길, 이젠 모든 것이 너무 늦어버렸다.

닥터 커넬은 그를 만나러 왔던 모든 환자들이 던졌을 그 질문에 한 번 더 답하기 위해 안경을 밀어 올렸다. 왜죠? 왜 내게 이런 병이 생겼나요?

"그건, '술 담배는 입에도 안 대고, 운동을 종교처럼 받들고, 아침저녁으로 명상하고, 유기농 채식만 하는데 왜 내가 교통사고를 당했나요?' 하고 묻는 것과 같아요. 사고는 그냥 일어나는 겁니다. 당신이 어떻게 살아왔는가는 별 상관이 없어요. 암에 이유는 없습니다. 하지만 모두가 이유를 알고 싶어 하죠. 유전 때문이라고, 담배 때문이라고, 스트레스 때문이라고…."

"암 전문의로 25년간 일하면서 깨달은 건 암엔 이유가 없다는 것 하나예요. 태어난 지 얼마 되지도 않은 유아들도 온갖 암에 걸려요. 그 아이들이 도대체 암에 걸릴 만한 무슨 짓을 했겠습니까? 다시 말하지만, 이건 교통사고처럼 누구에게나 일어날 수 있는 일입니다. 누구에게도 일어나선 안 되는 일이지만, 일어나죠."

네, 일어나죠. 그 사고 희생자가 여기 피를 흘리고 있
고요.

"암 병동에선 '왜?'라고 물어선 안 됩니다. 대신 '어떻
게?'라고 물어야죠. 교통사고 뒤에 다친 몸을 어떻게 치
료할까 궁리하듯 말입니다. 뼈가 부러졌으면 깁스를 해
야 할 테고, 장기 손상이 왔으면 수술을 해야겠죠. 당신
이 지금 처한 상황도 똑같습니다."

아, 이 환자는 가망이 없으니 그냥 술이나 좀 더 주세요.

"그럼 사람들은 또 묻죠. '그럼 건강한 식습관이나 운
동 같은 건 다 의미 없는 건가요? 어차피 걸릴 사람은 암
에 걸리고 말 텐데 그게 다 무슨 소용인가요?' 전 이렇게
답합니다. 건강하게 먹고 운동을 하고 밝은 마음으로 산
다고 교통사고가 나지 않는 것은 아니지만, 운동을 열심
히 하고 좋은 음식을 먹고 명랑한 사람은 사고 뒤에 회복
이 훨씬 빠르다고요. 뼈도 빨리 붙고, 약 부작용도 훨씬
적고, 면역력이 강해서 합병증도 없을 테니까요. 그리고
당신 같은 경우, 그렇게 맹렬하게 스스로를 돌봤기 때문
에 말기 암 덩어리를 갖고도 멀쩡히 살아있을 수 있었던
겁니다."

그는 천장을 한 번 바라본 뒤 마음을 다잡은 듯 말을

이었다.

"지금 당신의 종양은 너무 크고 전이가 심해서 항암도 의미가 없어요. 수술만이 희망인데… 만약 전문의 중 누군가 그 엄청난 수술을 하기로 결정한다면 그건 분명 당신이 체지방이 적고, 근육이 잡혀 있고, 혈관이 깨끗하기 때문일 겁니다. 올림픽 선수 선발과 같아요. 일단 몸을 보죠. 그걸 버텨낼 수 있는 몸이어야 수술합니다."

내가 아무 말 없이 듣고만 있자 그는 내 어깨를 잡았다.

"기초체력과 생활습관이 좋았기 때문에 살아날 기회를 잡는 거예요! 이걸로 부족한가요? 술 담배에 찌든 폐와 운동해 본 적 없는 심장, 콜레스테롤이 가득한 혈관을 가진 이라면 아무도 이 위험한 수술을 하려 들지 않을 겁니다. 아시겠어요?"

여기까지 단숨에 말한 그는 숨을 내쉬었다. 그리고 내 눈을 바라보며 말했다.

"며칠 있다가, 술 마시지 말고 다시 오세요."

훌륭한 의사가 아니라
용감한 의사가 필요해

며칠 뒤, 나는 다시 닥터 커넬의 줄무늬 넥타이를 바라보며 앉아 있었다. 술은 마시지 않았지만 여전히 현실감이 없었다. 오늘은 수술에 대해서 좀 더 자세히 이야기하기로 했다.

"이 수술은 고도로 절제된, 일종의 폭력이에요."

그는 정말로, 피할 수만 있다면 피하고 싶다는 표정으로 말했다.

"일반적인 간 절제술을 생각하면 안 됩니다. 담낭과 함께 간의 75%를 떼어내는 수술이에요. 아니, 어디까지 절제할 수 있을지도 아직 잘 몰라요. 절제 부분이 무시무시하게 크기 때문에 감염 위험성이 아주 높고, 성공적으로 수술을 마친다 해도 회복되기도 전에 간 기능 저하로 생명을 잃을 가능성이 반 이상입니다."

그러니까 암을 깨끗이 제거한 채, 죽을 수도 있다는 말이었다. '이제 암은 없습니다. 그런데 사망하셨습니다.' 건강한 시체가 될 수 있다는 뜻이군요. 하하하.

"정말, 아주, 훌륭한 의사가 필요하겠네요."

반쯤 넋이 나간 내가 웅얼거리자 닥터 커넬은 자신의 가슴을 퍽, 소리가 나도록 쳤다.

"아니, 우리에게 필요한 건 훌륭한 의사가 아니라 용감한 의사예요!"

화들짝 고함에 놀라 나는 비로소 무서워해야 한다는 걸 깨달았다. 이건 체스 게임이 아니라 격투기였다. 그야말로 혈전이 벌어지려 하고 있다.

"간 기능 이상으로 사망하지 않는다 해도 예전의 삶으로 돌아가진 못 할 겁니다. 그만큼 파괴적인 수술이에요. 미리 알고 계셔야 하니까 말씀드리는 겁니다."

그 이전의 삶으로 돌아가지 못한다는 게 무슨 뜻일까. 나는 그에게 들릴세라 숨 죽여 생각했다. 토끼야, 토끼야, 네 간을 내놓아라. 「별주부전」이 어떻게 끝나더라? 토끼는 간을 내어주고 살아났던가? 아니면 가여운 자라를 감쪽같이 속이고 달아났던가? 나는 가장 나다운 생각을 해냈다. 도망치자. 자라를 속이자. 마침 내 간을 씻어서 바위에 널어놓고 왔어.

"만약에 수술을 받지 않으면요? 그냥 이대로 걸어 나가서 아무 일 없었다는 듯 살면요? 선생님도 잊고 지금까지 살아온 것처럼 지내면요?"

자라는 눈을 감고 고개를 저었다. 그러더니 웃었다. 그리고 다시 눈을 질끈 감고 더 세차게 고개를 저었다. 그가 눈을 떴을 때 인내심이 바닥난 것이 보였다. 어림없는 수작을 늘어놓는 토끼를 똑바로 바라보며 자라는 힘주어 말했다.

"제발 정신 차려요. 그 종양은 시한 지난 시한폭탄과 같아요. 지금 당장 터질 수도 있어요. 갈 데까지 간 거라고요. 당신은 지금 실수로 살아있는 거예요. 아시겠어요? 훨씬 전에 죽었어도 전혀 이상하지 않아요. 지금 우리는 선택을 하고 있을 형편이 못 됩니다."

선택이라는 사치를 누릴 처지가 아니었지만 나는 교활한 토끼처럼 선택을 해보려고 애썼다. 내 죽음의 방식을 프로페셔널한 타인의 손에 맡기는 것이 맞는가? 아님 적어도 '내가 선택한' 어리석음으로 인해 죽어가는 것이 맞는가? 모든 것에는 대가가 따랐다. 이것은 거대한 게임이다. 게임을 하려면 판돈을 걸어야 한다. 이 판의 판돈은 목숨이다.

나는 게임을 할 줄 모른다. 애초부터 게임은 내 것이 아니었다. 화투도, 카드도, 바둑도, 체스도, 마작도, 하다 못해 컴퓨터 게임에도 재미를 느껴본 적이 없다. 이기고 지는 것이 싫었다. 내가 지는 것도, 나 때문에 누군가 지는 것도 견딜 수 없었다.

고등학교 수학여행의 밤, 학생주임 선생님이 일장 연설을 한 뒤 방 불을 끄고 나가자 아이들은 타월로 문틈을 막고 다시 불을 켰다. 그리고는 약속이나 한 듯 삼삼오오 화투 세트를 꺼냈다. 나는 우리 반에서 화투를 칠 줄 모르는 유일한 아이였다. 나와 패거리로 놀던 아이들이 '판'을 깐 뒤 내게도 패를 돌렸다. 난 그걸로 뭘 해야 할지 몰라서 바닥에 뒤집어놓고 그림을 봤다. 아이들은 어이없어하며 날 빤히 봤다.

"너, 화투 못 쳐?"

"응."

"그럼 광 팔아."

"그게 뭔데?"

아이들은 서로 얼빠진 얼굴로 생각을 교환하고 상황을 정리했다.

"쟤, 그냥 던지자. 넌 학주 오나 망이나 봐."

그날 밤새 문가에 앉아 망을 보면서 나는 숨겨 온 만화책을 읽었다. 그렇게 지루한 인간이었다, 난. 게임이나 내기, 도박, 추첨 같은 것에 매력을 느끼지 못한다. 흥분되고 짜릿한 것들은 날 흥분시키지도, 짜릿하게 하지도 못한다. 나는 따분한 것들을 좋아한다. 스릴은 질색이다. 아드레날린이 솟구치지 않는 것들이 좋다. 두 발이 땅에 닿아 있는 것들이. 그래서 복권조차 사본 적 없다. 희망으로 붕 떴다가 추락하는 그 하강감을 견디기 싫으니까. 놀이동산에 가면 혼자 회전목마나 찻잔에 앉아 롤러코스터에서 들려오는 비명 소리를 듣는다.

그런 내가 이제 게임을 해야 한다.

도박에 가까운 게임을,

지면 죽는 게임을.

친구에게 전화를 했다. 그는 한 바둑 잡지의 편집장으로 자타 공인 '게임의 신'이었다. 내기 바둑에 조예가 깊은 건 물론이고 인터넷 포커와 게임 분야에서는 작은 팬클럽을 거느릴 만큼 독보적인 존재였다. 그는 도박을 하기 위해 태어난 사람 같았다. 무언가를 걸고, 내기를 하고, 이기는 것. 그게 그가 아는 유일한 라이프스타일이었다. 교회에 십일조 헌금을 하듯 매주 로또를 샀고 주말에는 카지노에서 예배를 드렸다. 그러면 알고 있지 않을까.

난 처음으로 게임에서 이기고 싶었다. 이 도박에서 이겨 시간을 따고 싶었다. 더, 조금 더 시간 속에 있고 싶었다. 내가 이토록 탐욕스러운 사람일 줄이야.

"종학아, 게임은 어떻게 이기는 거야?"

"어떻게 이기냐고? 허허, 이렇게 순진한 소린 또 오랜만에 듣네."

난 그때 '운칠기삼'이란 말을 처음 들었다.

"게임은 네가 하는 게 아니야, 바보야. 운이 7할이고 기가 3할이야. 사람들이 왜 도박에서 헤어 나오지 못하는 줄 알아? 다 이것 때문이라고. 나를 넘어선 어떤 일이 일어나는 그 맛. 그냥 누가 봉 들었다 놔주는 쾌감, 중력이 사라진 맛이 있단 말이야. 그 세계에 한번 맛들이면 따박따박 세금 내듯이 살아가는 걸 견딜 수 없게 되지."

역시 내가 하는 일이 아니었다. 애초에 이 게임을 내가 시작하지 않았듯이.

"운동도 중독이 되는 것들이 있잖아. 윈드서핑이나 스노우보드 같은. 그게 왜 사람을 미치게 만들겠어? '나 아닌 것'에 몸을 맡기는 기분 때문이야. 그런 순간이 오거든. 누가 날 대신 떠맡아 주는 순간이. 그런데 그게 공짜는 아니야. 무거운 서핑 보드에 왁스를 칠하고 햇빛에 이마를 태우면서 파도를 기다리는 것까지는 인간의 몫이야. 그러니까 기를 써서 3할은 해놓아야 해. 그러면 알맞은 바람이 불어오고, 파도가 올라오고, 흐름에 올라타기만 하면 되는 거야. 그 뒤론 황홀하지. 7할의 운이 시작되거든. 그런 게 게임의 법칙이야. 너처럼 달팽이 껍질 속에서만 사는 어린애들은 이해하지 못하는 세계지."

"사람들이 기도를 열심히 하는데도 왜 소원이 이루어지지 않는 줄 알아? 신은 운이거든. 신이 아무리 완벽하게 7을 해줘도 인간이 기를 써서 3을 하지 않으면 '그게' 일어나지 않는 거야. 그러니까, 큰돈에 당첨되고 싶으면 일단 네 돈을 써서 로또를 사야 해. 너, 로또 사본 적 없지?"

줄리아 로버츠의 영화 〈먹고 기도하고 사랑하라〉에도 나온다. 한 사람이 매일 밤 신에게 기도했다. '제발, 제발, 제발 복권에 당첨되게 해주소서.' 어느 날 밤 신이 지친 목소리로 응답했다. '얘야, 제발, 제발, 제발 복권 좀 사거라!'

게임의 신인 친구는 내가 날 믿지 못해서 탈이라는 진단을 내렸다.

"넌 기가 약해서 게임을 못 하는 거야. 운을 부르려면 일단 기가 있어야 해. 네가 기를 써야 한다고. 배짱, 배포! 그냥 턱, 하고 스스로를 판에 내놓을 줄 알아야 한다고. 그래야 운이 붙든 말든 할 거 아니야."

운, 기… 나는 텅 빈 교실에서 출석을 부르는 선생님처럼 그 둘의 이름을 불러보았다. 우선 수술대 위에 누워야 하는구나. 일단 판에 끼고 패를 받아야 한다. 기를 쓰고. 그렇게 하지 않으면 이길 수도, 질 수도 없다. 나는 닥터 커넬의 비서에게 전화를 걸었다.

"세라 곽입니다. 수술, 하겠습니다."

찢어버릴 시간,
꿰맬 시간

"찾았어요! 찾았어!"

수술을 결심한 바로 그날 저녁, 닥터 커넬의 비서가 전화를 걸어 와 숨 가쁘게 외쳤다.

"믿을 수 없어, 당신을 수술하겠다는 의사가 있어요. 오, 럭키 베이비."

닥터 폴. 그의 이름을 두 번 말하게 해달라! 내 안의 거대한 괴물과 맞서 싸우겠다고 칼을 들어준 그의 이름을. 그 용감한 의사의 이름은 닥터 폴이다. 그는 당장 다음 날 아침 날 만나고 싶어 했다.

타이완계 호주인인 그는 다부지고 영민해 보였다. 40

대 중반쯤 되었을까? 이종격투기 선수처럼 근육이 발달하고 작달막한 몸에 근사한 수제 재킷을 걸친 그가 내게 손을 내밀었다. 손을 잡으며 나는 그의 눈을 바라보았다. 분명 내 눈엔 눈물이 고여 있었을 것이다. 아니면 최소한 간절함이 그렁그렁 맺혀 있었을 것이다. 하지만 질질 짜는 드라마는 그의 장르가 아니었다. 그는 80년대 무협 영화 쪽이었다. 액션으로 요점만 보여주는 쪽. 그는 잡담 없이 단박에 스크린을 보여주며 본론으로 들어갔다.

"종양의 크기가, 좀 말도 안 되게 커서 복강경 수술은 도저히 불가능합니다. 그리고 몇십 년에 걸쳐 천천히 자라면서 몸 안에 장기처럼 자리를 잡은 케이스이기 때문에 정확히 어떤 상황인지, 원시적으로 직접 열어서 확인하는 수밖에 없어요."

이 말을 하면서 그는 손으로 문을 열고 그 안을 들여다보는 시늉을 했다. 나는 고개를 끄덕였다. 문을 열어야 하는군요. CIA가 사이코패스가 숨어 사는 외딴 방의 문을 전기톱으로 열듯이.

"무시무시하게 큰 수술이 될 거예요. 피도 엄청나게 많이 흘리게 될 거고요. 수술 후유증에 관해선 워낙 예측이 어려워서 정확히 말씀드리기 힘들지만 21세기에 환자가 겪을 수 있는 의료 행위 중 가장 원시적이고 흉폭한 수술

임은 분명합니다."

그는 다시 손을 들어 푸줏간 주인처럼 칼을 휘두르는 액션을 보여줬다. 내가 이쯤에서 겁을 먹고 수술을 포기하길 원하는 걸까? 결국 수술대 위에서 그가 휘두르는 칼에 도살당하게 될 테니 도망치라고 경고하는 걸까? 그의 판토마임을 보며 나는 백치처럼 다시 고개를 끄덕였다. 내가 포기할 기색을 보이지 않자 닥터 폴은 마음을 정리한 듯 차분한 목소리로 설명을 시작했다.

"일단 문을 열고나면 세 가지 가능성이 있습니다. 첫 번째는 손 쓸 수 없을 정도로 종양이 퍼져서 중요 장기나 혈관을 침범하고 있을 경우입니다. 그땐 얌전히 다시 문을 닫고 꿰매는 게 최선입니다. 그리고 기도를 해야겠죠. 두 번째는 종양의 일부를 제거할 수 있는 경우입니다. 다른 장기를 건드리지 않고 안전하게 제거할 수 있는 부분이 있으면 최대한 제거해서 부피를 줄이면 항암이 가능할 수도 있습니다. 마지막으로 가장 이상적인 경우입니다만, 다행히 종양이 열매처럼 혼자 자라난 상태라면 난 그게 얼마나 크든 덩어리 전체를 들어내고 나서 문을 닫을 겁니다."

닥터 폴은 두 손으로 냉장고에서 수박 한 통을 꺼내고 문을 닫는 모습을 리얼하게 보여주었다.

"어떤 경우든 수술 중에 사망할 수 있습니다."

닥터 폴은 이 말을 하며 내 손을 잡았다. '문을 연다'는 건 그런 뜻이었다. 지금까지 내 안에 꼭꼭 가둬 두었던 야생 살쾡이 같은 삶이 그 문으로 화다닥 뛰쳐나갈 수 있다는 뜻. 그의 안경 너머 두 눈이 묻고 있었다. '그래도 하겠습니까?' 나는 고개를 끄덕였다. 그는 다시 말했다.

"그리고 어떤 경우든 커다란 흉터가 남을 겁니다."

이번엔 내가 그의 손을 잡았다.

"얼마나 클까요?"

그는 잠시 눈을 감았다 뜨더니 지휘를 하듯 허공에 커다랗게 니은 자를 그려 보였다.

"아주 길고 넓게 가를 겁니다. 그래야 해요. 'L'자로, 크으게."

나는 그 문을 바라보았다. 호텔 냉장고 사이즈의 문이었다. 웅크리면 나도 들어갈 수 있을 것 같았다. 그는 깜빡 잊고 있었다는 듯 물었다.

"직업이 어떻게 되시죠?"

"스트립 댄서예요."

"…아…."

이것이 그녀의 마지막 거짓말이 될 수도 있었다. 그리고 난 그 거짓말이 마음에 들었다.

수술 날짜는 놀랍도록 신속하게 잡혔다.

"당신이 당장 며칠 뒤에도 살아있을지 확신할 수 없어서 그랬을 거예요."

수술하기 하루 전, 심장 기능검사를 하던 수습의가 내게 말해주었다. 8시간의 수술을 견딜 만큼 심장이 튼튼한지 보기 위한 정밀검사였다. 어두컴컴한 방 안에 누워 가슴에 수십 개의 센서를 붙이고 기계와 연결되는 기분은 아주 기묘했다. 심장이 출력되는 느낌이었다.

"평소처럼 정상 호흡 하시면 됩니다."

내가 평소에 어떻게 호흡했는지 기억이 나지 않았다. '평소'에서, '정상'에서 너무 멀리 떨어진 지금 그건 무리한 요구였기 때문에 나는 헐떡였다. 지금은 헐떡여야 할 때야. 그게 정상이야.

"심장은 아주 건강하네요. 보실래요?"

수습의는 기계의 스크린을 내 쪽으로 돌려 자가공명 영상을 보여주었다. 보통은 이 스크린으로 태아의 모습을 본다. 드라마에서 아주 여러 번 보았다. 나는 태아 대신 내 심장의 모습을 보았다. 심장, 나의 아이 같은 심장이 그곳에서 날뛰고 있었다. '우아하게 놓아버리고 떠나자'던 가냘픈 뇌의 속삭임은 근육질의 심장 앞에서 입을 다물었다. 나의 심장은 놀라고 억울해서 펄펄 뛰고 있었다. 덫에 걸린 표범처럼, 팔을 묶인 이사도라 덩컨처럼, 모든 것을 부정하며 펄떡펄떡 몸부림치고 있었다. '아니야, 아니야! 나, 여기 살아있어! 나, 아직 살 수 있어!' 눈물이 흘러 바라볼 수 없을 만큼 그는 간절하게 뜀을 뛰었다.

이 기 적 인
작 별 인 사

엄마. 그래, 엄마에게 전화를 하자. 나는 고양이가 상처 입은 앞발을 핥듯 엄마에게 닿는 번호를 눌렀다.

"응, 엄마다, 울 애기."

49년 동안 난 엄마의 '울 애기'였다. 잘 넘어지고 잘 울고 손이 많이 가는 어린 것. 아기 오리를 등에 태우고 걸어가는 고양이 비디오를 뚫어져라 바라보며 나는 그 목소리를 들었다. 울지 않으려면 동물 비디오가 최고다. 그리고 준비한 말을 했다.

"엄마, 나 한 이주일 연락 못 할 거야. 사막에서 열리는 록 페스티벌에 갈 거거든."

"언제 가는데?"

"… 내일."

엄마는 대수롭지 않다는 듯 코웃음 소리를 냈다.

"네가 휭 떠나서 연락 안 하는 게 어디 하루 이틀이니? 너 인도 갔을 땐 열 달 동안 연락 안 했잖아."

그랬다. 새로운 풍경이 날 삼켜버리면 고래 뱃속에 들어간 요나처럼 나는 연락이 두절되었다. 그래서 늘 길을 잃었다. 나는 어릴 때부터 악명 높은 단골 미아였다. 놀이공원에 가거나, 서커스를 보러 가거나, 동물원에 가거나, 아니 그냥 백화점에만 가도 나는 엄마의 손을 놓쳤다. 미아보호소 직원들이 날 알아볼 지경이었다.

하지만 막내를 잃어버릴 때마다 엄마는 번번이 넋이 나갔다. 그 아이가 스물일곱 살이 될 때까지도. 1999년, 뉴델리 거리에 내 사진이 박힌 전단지가 벽마다 붙어 있는 것을 보고서야 나는 엄마를 기억해냈다. 대사관과 영사관에서 거의 '수배' 수준으로 날 찾고 있었던 것이다. 그때 나는 인도 시골의 아쉬람들과 스승들 사이를 헤매며 날 찾고 있던 중이었다. 지금, 마흔아홉에 나는 또 엄마의 손을 놓으려 하고 있다. 그런데 엄마, 나 이번에는 샨티니케탄보다 더 낯선 곳으로 갈 거야. 영원히 길을 잃을지도 몰라.

엄마는 막내딸을 여러 번 잃을 뻔했다. 나는 정말 걸핏하면 그녀의 품에서 빠져 나갔다. 태어날 때부터 지독한 미숙아여서 인큐베이터에 넣어야 했고, 종종 파랗게 질릴 때까지 숨을 쉬지 않았기 때문에 누군가가 꼭 붙어서 몸을 흔들어줘야 했다. "숨 쉬어, 잊어버리면 안 돼. 꼬마야, 살려면 숨을 쉬어야 해."

세 살 때는 계곡에 놀러 갔다가 물살에 휩쓸려 기절한 채 떠올랐고, 여섯 살 때는 앞마당에서 쪼그리고 앉아 놀다가 후진하는 옆집 차 바퀴에 깔려 다리가 부러졌다. 다 자라고 나서도 상황은 크게 나아지지 않았다. 쓰나미가 몰려오던 날엔 푸켓에 있었고 동일본 지진이 일어나던 날엔 후쿠시마에 있었다. 그때마다 엄마는 내게 미안해했다.

"엄마가 미안해, 울 애기, 엄마 잘못이야, 다 엄마가…"

나의 모든 불행과 불운과 아픔이 모조리 당신 탓이라 여기는 엄마 밑에서 자란다는 것은 이제 와 생각건대 독특한 경험이다. 아니, 엄마는 처음부터 조금 독특했다. 그녀는 언젠가부터 세상 모든 것의 엄마가 되기로 결심한 듯 보였다. 그러니까, 엄마라는 지위를 몹시 좋아했다. 빨갛고 탱글탱글한 덩굴 토마토들이 슈퍼마켓 진열대에 누워 있는 것이 보이면 냉큼 안아올리며 말했다.

"아이 예쁘기도 하지, 엄마한테 오렴." 놀이방에 맡겨 두었던 아이를 찾아가는 듯한 말투였다. 등산을 하다가 대모산 기슭에 버려진 강아지를 배낭에 넣어 업고 오는 것은 기본이었다. "엄마랑 집에 가자." 부엌에서 감자를 씻다가 바닥에 떨어뜨리면 허겁지겁 주워올리며 달래기 바빴다. "미안, 미안, 엄마가 손이 미끄러워 그랬어, 울지 마."

그런 엄마 밑에서 자란 나는 물건들을 의인화하는 데 익숙했다. 내 가방들은 모두 이름을 갖고 있다. 신발들도. 그녀의 모성애를 단 한 방울도 상속받지 못한 것은 애석하다. 난 어떤 것의 엄마도 될 용의가 없다. 하지만 어설프게나마 사물이나 동물의 마음을 대신 느끼는 사람으로 자라나 버렸다. 어딘가에 우산을 놓고 나오면 '날 잃어버린 우산'을 위해서 길을 되짚어 달린다. 우산아, 왜 날 또 놓쳐버렸니? 칠칠치 못하게.

내가 사춘기에 접어들면서 가여운 엄마는 헤아릴 수 없이 많은 막내딸의 유서를 읽어야 했다. 그 시절, 내 가방엔 언제나 수면제와 립스틱이 들어 있었다. '때'가 오면 언제라도 립스틱을 칠하고 삶을 떠날 작정이었다. 내킬 때마다 책갈피 사이에, 쓰레기통에, 바지 주머니 속에 나는 유서를 써서 남겨 놓았고 엄마는 언제나 그걸 발견해서 읽었다. 엄마의 '울 애기'는 그렇게 늘 떠날 궁리만 하고 있었다.

엄마는 호주의 자외선 때문에 내 주근깨가 더 짙어지진 않았는지 걱정했다.

"요새 한국에선 SPF 70짜리도 나오더라. 거긴 센 거 없지? 선크림 보내주랴?"

"아니야 엄마, 여기도 선크림 잘 나와."

"록 페스티벌 같은 데, 이상한 사람들 많이 온다더라. 조심해. 물은 꼭 사서 마시고."

"그중에서 엄마 딸이 제일 이상하니까 걱정 마. 전화 안 된다고 또 대사관에 신고하지 말고."

"50살 먹은 애를 어디다 잃어버렸다고 신고를 하니?"

"암튼… 박여사님 싸랑해, 안녕!"

해냈다. 울지 않고 하고 싶은 말을 다 해냈다. 사랑한다고, 안녕이라고.

"그래, 그래, 엄마도."

엄마는 좋아하는 트로트 경연 프로그램을 보고 있는지 건성으로 대답했다. 수화기 너머로 노래 소리가 희미하게 들려왔다. '이 풍진 세상을 만났으니 너의 희망이 무엇이냐…' 그리고 엄마가 그 말을 했다.

"안녕, 울 애기."

핸드폰을 손에서 놓을 수가 없었다. 그걸 놓으면 그대로 가라앉아 버릴 것만 같았다. 허겁지겁 친구에게 전화를 걸었다. 그녀는 자신의 결혼 10주년 기념일과 아이의 초등학교 입학에 관해 이야기했다.

"내가 세라 이모 얘기를 어찌나 많이 했는지 걔가 널 친이모로 알아."

"예쁜 예은이. 예은이 입학선물도 못 해줬네, 이모가."

"호주는 메리노 울이 유명하지? 울 스웨터 예쁜 거 있음 부쳐."

"알았어, 기집애."

나는 '그쪽' 기슭에 남아있기 위해 할 수 있는 모든 자잘한 발버둥을 쳤다. 또 다른 친구에게 전화를 걸어 그녀의 이기적인 남자친구 이야기를 들었다. 그다지 친하지도 않은 친구의 자잘한 걱정거리들과 밥 잘 안 먹는 그녀의 아들 이야기를 들었다. 엄마와는 선크림 얘기, 친구들과는 메리노 울 얘기를 했구나. 그걸로 됐어. 내가 아직 그곳에 있었다. 깨어지기 전의 내가. 주근깨와 입학선물이 중요한 내가 아직 그곳에 살고 있었다.

돌이켜 생각할 때마다 그때 내가 보였던 이기심에 소스라친다. 사랑하는 이들을 죽음의 목전에 놓아둔 채, 나는 있는 힘껏 딴청을 피우고 있었다. 멀리 사는 덕에 다른 이들의 슬픔을 감당하지 않아도 되는 나의 행운에만 기뻐하고 있었다. 죽음은 죽는 이가 겪는 것이 아니다. 남겨진 이들이 겪는 것이다. 그걸 잘 알고 있으면서 그들이 갑자기 겪게 될지도 모르는 죽음을 끝내 그들에게 귀띔해주지 않았다. 비열한 짓이다. 하지만 그때 나는 그들이 일으킬 슬픔의 회오리를 감당할 수 없었다. 그들 몫의 절망까지 떠안을 힘이 없었다.

아직 현실감이 느껴지지 않았다. 물컹한 꿈 같았다. 이 악몽이 '나' 밖으로 새어 나가서는 안 된다. 그냥 꿈인 채 끝나야 한다. 엄마에게, 언니에게, 친구에게 이야기하는 순간, 나의 일부를 나눠 가진 그들이 개입되는 순간, 그 꿈은 단단한 현실이 되어버릴 테니까.

그래서 기도조차 할 수 없었다. 기도를 하면 신들이 알게 된다. 내 가족과 친구들은 가장 먼저 신의 이름을 부를 것이다. 그러면 하나님과 부처님과 알라신, 하누만과 시바신이 알게 된다. 큰고모는 아마도 굿을 하자고 할 것이다. 그러면 장군신과 옥황상제, 일월성신이 알게 된다. 신들이 내게 무엇을 해주었지? 초거대 종양이 자랄 동안 보고만 있었던 신들에게 나의 놀라고 초라한 모습을 보여주고 싶지 않았다.

분노는 나만의 것이다. 혼자가 아니고서는 건널 수 없

는 마음의 시절도 있는 것이다. 함께는 들어갈 수 없는 좁은 구멍 같은 것. 스물일곱에 혼자 길을 떠났듯이 이것도 누군가와 함께 갈 수 있는 길이 아니었다. 그때 내가 나에게 해줄 수 있는 최고의 배려는 혼자 그 속에 잠겨 있기를 허락하는 일이었다. 잡음 없이 완벽한 허망함 속에서 넋을 잃도록 내버려두는 일이었다. 그 누구의 놀란 눈동자도 마주할 필요 없는 곳, 나 때문에 슬퍼하는 그 누구도 위로할 필요 없는 곳에서 오로지 나만을 끌어안고 울게 해주는 것이었다.

홀로 고통 받는 자, 홀로 죽음의 문전을 서성이는 자. 나는 늘 혼자였고 혼자이길 원했다. 1999년부터 23년간 단 한 번도 누군가와 함께 길을 떠난 적이 없다. 물론 길 위에서 만난 친구와 이틀 만에 평생보다 깊은 우정을 나누기도 했지만 짐을 챙겨 떠날 때는 늘 다시 혼자였다.

나는 누군가와 함께 여행하는 법을 모른다. 내게 여행은 오롯이 일인용 소파였다. 함께 나서는 순간 그것은 여행이 아니게 된다. 이 여행이 시작될 때도 나는 너무도 당연히 홀로 짐을 꾸렸으며 그 모든 길들을 혼자 걸으리란 걸 알았다.

세상에서 가장
화려한 카디건

수면제와 함께 립스틱을 샀던 그 아이는 아직 거기에 있었다. 열여섯 살의 나는 왜 수면제를 삼키기 전에 립스틱을 발라야 한다고 생각했을까? 떠나는 내 모습이 마음에 들었으면 했다. 예쁘고 충분히 야하기를 바랐다. 세상이 나를 잃기 아까워할 만큼. 나는 이미 어리지도 예쁘지도 않지만 내 안의 그 아이는 이번에도 고집을 부렸다. 무언가 예쁜 걸 사야겠어. 이 꼴로는 떠나지 못하겠어.

백화점에 갔다. 막 문을 연 10시 반의 백화점엔 산뜻한 라벤더와 시나몬 향이 떠다닌다. 수술을 위해 입원하기로 한 날이었고, 그날은 우아한 물건들에 매달린 가격표가 두렵지 않았다. 스웨터 한 장을 집어 들었다가 '세일'이라는 빨간 스티커가 붙어 있어서 황급히 내려놓았다. 단 한푼도 세일하지 않는, 도도한 물건을 가져야 했다. 지금은 그럴 때이다.

평소의 나라면 눈길조차 주지 않았을 옷이 마음을 확 잡아 끌었다. 금실과 와인색 실이 섞여 짜인 캐시미어 카디건. 빅토리아 시대 풍에 금박으로 테를 정교하게 두른 단추 중앙에 반짝이는 큐빅까지. 그야말로 울리 불리 wooly bully, 날 보라고 야단법석을 떠는 물건이었다. 이런 옷에 눈길이 갈 줄이야! 나는 놀랐지만 전혀 놀랍지 않았다.

탈의실에 들어가 브래지어까지 벗고 카디건을 걸쳤다. 나와는 전혀 다른 인생을 살다 온 도플갱어 같다. 열여덟 살 때부터 카바레에서 노래 부르며 살아 온 것 같은 거울 속의 그녀에게 나는 손을 흔들었다. 그녀는 스트립쇼를 하듯 카디건을 벗더니 가격표도 보지 않은 채 계산대로 들고 갔다. 오랫동안 이렇게 해보고 싶었다는 걸, 해보고 나서야 알았다. 역시 나의 본업은 스트립 댄서였던 것인가? 너, 49년 만에 마음에 들어.

백화점 점원은 개장하자마자 고급 옷을 팔게 되어 기분이 아주 좋은 듯했다.

"어쩜 꼭 어울리는 걸로 고르셨네요! 고객님은 이렇게 화사한 색이 어울리세요. 그러기가 쉽지 않은데, 원래 화려한 걸 입도록 타고나셨네요."

피식 웃음이 났다. 몰랐네. 나는 단순한 디자인에 원색을 입도록 태어난 사람이라고 믿었는데. 내 옷장은 온통 짙은 파랑, 샛노랑, 불타는 빨강, 검정 혹은 흰색으로 채워져 있는데. 색이 섞이거나 무늬 있는 옷은 단 한 벌도 없이.

"화사하고 화려한 것, 화사하고 화려한 것." 나는 그 말을 주문처럼 외우면서 백화점을 떠돌았다. 그러자 화사하고 화려한 것들이 눈에 들어왔다. 저런 것들을 가졌어야 했나? 밤색 워커 대신 저 핑크색 스틸레토 힐을 신고 삶을 건넜어야 했나? 화사하고 화려한 것들이 날 보며 안타까운 미소를 지었다. '진작 날 고르지 그랬어. 조금 더 일찍 오지 그랬어.'

바보처럼 자꾸만 웃음이 났다. 자조적인 웃음이다. 지금이라도 저것들을 잔뜩 사서 그냥 도망가 버릴까? 그것들을 입고, 신고, 수술 따위는 잊어버리고 카바레에서 노래 부르던 여자처럼 살아버릴까? 마지막이 올 때까지? 더 이상 그럴 수 없을 때까지? 그렇게 하자. 아직 내 암덩어리를 모르는 곳으로 가서 화사하고 화려한 여자로

나의 소원은, 나였다

살자. 그러다가 죽어지면 죽자. 그게 가장 이성적이고 옳은 일인 것 같았다. 죽음이 다가와 손 내밀 때, 화사한 스카프를 두르고 화려한 립스틱을 칠한 채 있고 싶었다. 병원은 날 화사하고 화려한 채로 죽게 내버려 두지 않을 테니까.

수술은 저녁 늦게 시작되지만 나는 오전에 병실을 배정받았다. '준비'를 마치기 위해서다. 제례에 바칠 양은 새벽부터 무리에서 떼어 내어 조용한 곳에 감금한다. 먹이는 주지 않고 온종일 깨끗이 씻기기만 한다. 흠 하나 없이.

배정받은 병실은 수술 전 환자들을 잠시 감금하기 위한 시설처럼 보였다. 작은 1인용 침대에 이불은 없었고 대신 드넓은 샤워실이 있다. 오로지 세척을 위한 방 같았다. 샤워실의 벽은 거동이 불편한 환자들이 붙잡고 움직일 수 있도록 철제 난간으로 둘러 싸여 있다. 앉아서 샤워할 수 있는, 엉덩이에 구멍이 뚫린 플라스틱 의자도 눈에 띈다. 샤워실을 둘러보고 나오니 제사장처럼 엄숙한 표정의 간호사가 노크도 없이 들어와 있다. 그녀는 멸균 포장된 봉투 두 개를 내밀었다. 한쪽에는 타월과 목욕용 스펀지가, 다른 한쪽에는 수술용 가운이 들어 있다. 그리고 모든 것이 세탁 세제처럼 파랬다.

"스펀지로 몸을 씻고 이 가운을 입으세요."

그리고 기다리면 된다고, 그녀는 그렇게 말했다. 무엇을 기다리는지는 그녀도 알고 나도 안다. 나는 대꾸했다.

"샤워는 하고 왔어요."

어젯밤에 하고 오늘 아침에 또 했어요. 내 위에 레몬과 소금을 뿌려 핥을 수도 있어요.

"그래도 또 하는 게 좋아요."

간호사는 무덤덤하게 말한 뒤 대기실을 나갔다. 신탁은 그것으로 끝이었다. 이게 내가 이 세상의 누군가에게서 들은 마지막 말이 될 수도 있다는 걸 그녀는 알았을까? 샤워를 또 하라는 말.

어쨌든 그 방에서 할 수 있는 유일한 활동은 샤워뿐이었으니 나는 샤워를 또 하기로 했다. 욕실 바닥은 미끄럼 방지용 타일이 이중으로 깔려 있어 걸을 때마다 발밑에서 웨하스 부서지는 느낌이 났다. 샤워실은 놀라웠다. 물을 트는 순간, 사방의 벽이 잠에서 깨어난 듯 우르릉 대더니 물을 뿜기 시작했다. 마치 식기세척기 안에 들어온 것 같았다. 머리 위, 양 옆구리, 등과 엉덩이가 한꺼번에 세척당할 수 있다니.

물줄기 속에 갇힌 채 나는 또 웃었다. 이유 없이 웃음이 터져 나왔다. 간호사가 옳았다. 이것은 차원이 달랐다. 의사들의 수술복과 똑같은 푸른색의 스펀지를 물에 적시자 당황스러울 정도로 거품이 솟아났다. 그 거품에서는 굳이 숨기려 들지 않는 소독약 냄새가 났고 정직하게 코를 찔렀다. 바닐라와 딸기 향은 살아있는 자들의 땅에 벗어두고 비누가 본론만 들고 온 것 같았다. 물줄기와 거품에 자비는 없었다. 나는 완벽하게 세척되었다. 그리고 해부될 준비가 되었다. 안녕, 울 애기.

"여기까지일지도 몰라."

나는 거울 속 화장기 없는 얼굴을 향해 말했다. 샤워를 마치고 봉투 속에 든 팬티와 가운을 꺼내 입은 내 모습은 벌써 다른 세상으로 배달되는 봉투에 담긴 것 같았다. 그 가운이라는 것은 앞치마보다도 엉성했다. 가느다란 끈이 두 개 달린 시퍼런 헝겊 조각일 뿐이었다.

'이 꼴로는 아무 데도 안 가.'

나는 이를 악물고 새로 산 카디건을 꺼내 그 위에 입었다. 립스틱도 칠하고 싶었지만 자동 세척기 안에 다시 들어갈 엄두가 나지 않아 그만두었다. 대신 큐빅이 박힌 단추를 세 개 풀었다. 그리고 입술을 깨물어 붉은 빛이 돌게 했다. 아우슈비츠의 포로들이 했던 것처럼. 아직 건

강하고 살려 둘 가치가 있는 인간으로 보이기 위해서.

너, 고개 들어, 허리 세워. 어깨 내리고 목이 길어 보이게 해. 우린 아무것도 후회하지 않아, 그렇지? 우린 엉망진창으로 성공했잖아. 아무 가진 것 없이 흥청망청 살았잖아. 바보처럼 끝까지 떠돌이로 남았잖아. 브라보, 멋진 인생이었어. 충분히 어리석었어. 그 수많았던 처음들과 마지막들.

우리, 기억하자.

50년간의 축제였다고 말하자.

그 런   말 을   하 기 엔
우 린   너 무   어 려

한 소년이 의사 가운을 입고 내가 있는 대기실에 들어왔
다. 어릴 때 보았던 미국 드라마 〈천재 소년 두기〉에 나
왔던 닥터 두기와 아주 비슷해 보였다. 앳된 얼굴의 수습
의는 문을 열고 들어 온 순간부터 안절부절못했다. 내가
그의 '첫 손님'인 것이 분명했다. 지금까지는 선배들을 따
라다니면서 견학만 하다가 오늘 비로소 사수가 등을 탁
치며 말했겠지. '두기! 이제 네가 한 번 해봐. 수술 설명쯤
은 이제 혼자 할 때도 됐잖아, 별거 아니야.' 그는 내 앞에
앉았지만 눈동자는 불안하게 병실 벽을 이리저리 훑었
다. 타고 도망갈 창문을 찾는 것 같았다. 창문 찾기에 실

패하자 그는 마지못해 입을 열었다.

"으음… 당신은… 전신마취 후에 수, 수술실로 들어가게 될 거예요."

네. 그렇겠죠.

"그리고 수술은… 개, 개, 개복으로, 그러니까 배를 열고 이루어질 겁니다."

'개복'이라는 말을 하는 그의 입매가 경련을 일으켰다. 무언가 굉장한 잘못을 자백하는 것처럼. 용서하세요, 우리는 당신의 배를 가를 거예요. 아주 크게. 좌악. 그 이야기는 닥터 폴에게 이미 들어 알고 있었다. 하지만 그 수술이 얼마나 미친 짓인지 — 하는 쪽도, 받는 쪽도 — 한번 더 분명하게 설명해야 하는 것이 그의 임무인 듯했다. '당신이 지금 뭘 하려는지 알고 계시는 것 맞죠? 혹시나 해서 확인 차원에서 물어보는 겁니다.'

나는 고개를 끄덕였다. 알아요. 할게요.

"사… 사망 확률에 대해서도 들으셨죠?"

나는 고개를 저었다. 세 가지 경우가 있고 모든 경우 수술 중 사망할 수 있다는 말은 들었지만 확률이라고? 그런 게 있다고 왜 진작 말해주지 않았지? 나는 보통 일기예보에서 비 올 확률이 50% 이상이라고 하면 우산을 갖고 나간다. 두 귀가 쫑긋 섰다. 몇 퍼센트죠? 우산을 준

나의 소원은, 나였다

비해야 하나요? 어린 의사의 얼굴이 새파래졌다. 그걸 자신의 입으로 처음 말해야 하는 상황은 예상치 못한 것 같았다.

"출혈이 굉장히 많을 거라서 열었다가 그대로 다시 꿰 맨다 해도 사망 확률이 60%예요. 그리고 만약에 운이 좋 아서 덩어리 전체를 잘라내게 된다면 주위 장기출혈도 있을 수 있어서… 어… 음… 75%의 확률로 환자분은, 목 숨을…."

그는 말을 끊고 헐떡였다. 끝까지 이야기하지 않아도 된다는 뜻으로 나는 고개를 끄덕였다. 눈물 콧물을 흘 리며 우리는 서로를 마주보았다. 오, 하나님. 그는 너무 어렸다. 그런 말을 전하기에는. 나도 너무 어렸다. 그런 말을 듣기에는. 이런 걸 감당하기에 우린 둘 다 너무 어 렸다.

친 절 한   납 치

나는 그 병원에서 누구보다도 완벽하게 걸을 수 있었지
만 파란 유니폼을 입은 그 남자 직원은 푸근한 미소를 띠
며 내게 앉아서 기다리라고 했다.

"마이크가 곧 올 거예요. 오늘은 태워야 할 승객들이
많아서 좀 바쁘네요. 분명 마이크를 좋아하게 될 거예요.
운전 솜씨가 끝내주거든요. 그가 미는 휠체어를 한 번 타
본 손님들은 그걸 타고 집에까지 가겠다고 우긴다니까
요, 하하하."

도대체 이 농담을 하루에 몇 번이나 하는 걸까. 그는
나이트클럽에서 똑같은 쇼를 매일 밤 되풀이하며 늙어

간 한물간 코미디언처럼 내 눈을 쳐다보지도 않고 그 모든 대사를 또 한 차례 능숙하게 뽑아냈다. 2주 전이었다면 나는 웃었을 것이다. 아주 명랑하게, 내가 자랑스러워하는 윗니를 어금니까지 고스란히 드러내며 웃어주었을 것이다. 더 실없는 농담으로 맞장구를 쳐서 그의 성의에 보답했을 것이다. 아무런 힘 들이지 않고. 그게 내가 늘 해오던 방식이니까.

하지만 오늘 여기선 '나'를 공연할 수 없다. 수술이 시작되기 직전의 병원에선 모두에게 엄격하게 할당된 각자의 배역이 있었다. 모두가 배정받은 대로 움직이고 대사를 한다. 그리고 곧 나는 나의 배역이 무엇인지 알게 되었다. 얌전히 그 직원이 가리킨 소파에 앉아 기가 막히게 휠체어를 잘 모는 '마이크'가 무대 위로 나타나길 기다리는 환자. 기다리는 여자 3. 제 발로 움직여서 장면 전체를 혼란에 빠뜨리지 말 것. 암울한 말기 암 환자의 상태를 온몸으로 보여줄 것.

그리고 그가 왔다.

"세라 맞죠? 이 병원에서 젤 섹시한 사람을 찾으라기에 한번에 알아봤어요!"

아무렴 그랬겠지. 나는 이번에도 웃지 않았다. 여기선 왜 다들 삼류 코미디언 같이 구는 거지? 그런 뻔한 농담들이 설마 지금 내게 도움이 될 거라고 생각하는 걸까? 이 친절한 배역을 맡은 사람들에게 무례하게 굴고 싶었다. 이 가지런한 연극을 망쳐버리고 싶었다. 나는 상처 입었고, 도통 뭐가 뭔지 모르겠으며, 절대 누군가에게 장단을 맞춰줄 기분이 아니었다. 나는 막돼먹고 퉁명스럽고 동떨어진 여자가 되는 걸로 복수하고 싶었다. 누구에게든, 무엇에게든!

　인간은 절망하면 얼마든지 무례해질 수 있다. 나는 그다지 상냥한 인간이 아니었구나. 그저 지금껏 충분히 절망할 기회가 없었던 것뿐이었어. 하지만 나는 그들을 이해했다. 아니, 나의 기분이 그들에겐 아무런 상관이 없다는 걸 이해했다. 그들이 내가 어떻게 느끼는지 관심이 없어서라기보다는 너무 바쁘기 때문이라는 걸. 그들 앞엔 얼빠진 얼굴을 한 ― 깨끗이 세척된 ― 또 다른 수술 대기자들이 줄줄이 기다리고 있다. 도대체 어떤 기분으로 이 시간과 장소를 차지해야 할지 몰라 두리번거리는 그 사람들에게 혹시 통할지 모르는 똑같은 농담을 해주어야 했으니까. 나는 이해했다. 그리고 마이크는 정말로 휠체어를 끝내주게 밀었다. 그는 내가 앉아 있는 소파 바로 앞에 휠체어를 댔고 나는 반사적으로 발딱 일어났다. 그는 웃으면서 휘익, 휘파람 소리를 냈다.

"에헤이, 릴렉스, 릴렉스. 얘기 못 들었어요? 이건 풀 서비스예요."

다음 순간 몸이 붕 떴다. 내 몸이 그렇게 가벼울 수 있다는 게 놀라웠다. 마이크가 날 휘핑 크림처럼 떠서 휠체어 위에 모양이 흐트러지지 않게 올려놓았다. 그리고 온장고를 열어 따뜻하게 데워진 담요를 두 장 꺼내 무릎과 어깨를 감싸준다. 앗, 어이없게도 나는 안도감 같은 것을 느끼고 말았다. 진단받은 뒤 처음으로 경험하는 '마음이 놓이는' 느낌.

휠체어의 잠금 장치를 푸는 마이크를 찬찬히 바라보았다. 모든 것이 크다. 커다란 손과 발, 키도 크고 밥 아저씨처럼 커다란 턱수염에 목소리도 크다. 짙은 갈색의 지독한 곱슬머리를 뒤로 묶었다. 라틴계 백인 혼혈인 듯 보이고, 나이를 가늠하기 힘든 얼굴이었다. 병원에서 휠체어나 바퀴 달린 침대로 환자들을 나르는 것이 그의 일인 것 같았다. 마이크 말고도 그런 일을 하는 사람들이 여럿 눈에 띄었고 그들은 누구보다도 바빠 보였다. 크리스마스 이브 날 밤의 택시기사들처럼. 그들이 미는 바퀴 없이 '환자'들은 어디로도 갈 수 없다. 그것이 이 왕국의 룰이었다. 환자는 운반당할 것. 절대 스스로 움직이려 들지 말 것. 설령 나처럼 당장 걸어서 국토 대장정을 할 수 있는 사람이라 할지라도.

나는 마이크가 마음에 들어서 이야기를 하기로 했다.

"난 한국인이에요. 당신은요?"

그는 어깨를 으쓱 하더니 말했다.

"비밀이에요. 말해도 믿지 않을 테니까."

말투에 장난기가 없어서 더 유쾌했다.

"나, 사실 휠체어 탈 필요 없어요. 그런데 다들 이상하게 굴어요. 내가 도망이라도 갈까 봐 그러나? 내 발로 걸어가겠다는데 굳이…."

"흉악한 놈들이죠. 나도 알아요."

그는 슬렁슬렁 휠체어를 밀며 말을 받았다. 그래서 놀랐다.

"당신은 멀쩡해요. 나보다도 튼튼하죠. 다 안다고요. 내 말 잘 들어요. 그놈들은 당신을 납치할 계획을 세우고 있어요. 그리고 나는 그들에게 매수당했고요."

오, 이런. 역시 뭔가 음모가 있었어. 멀쩡한 사람을 속여서 납치하려던 거였군. 신이여, 이 커다란 남자를 축복하소서. 내 기분이 돌아왔다. 지난 2주 동안 무시당했던 '나스러움'이 아주 작게 꿈틀거리며 고개를 내밀었다.

"그럴 줄 알았어요. 처음부터 뭔가 이상하다고 생각했거든요. 이렇게 멀쩡한데! 말기 암이라는 헛소리로. 그래서 저 놈들이 날 어디로 납치하려는 거죠?"

그는 황급히 주위를 둘러보고는 갑자기 휠체어에 속력을 내더니 복도 한쪽 조용한 구석에 세웠다. 그의 턱수염이 내 귓불에 닿았고. 은밀한 목소리로 말한다.

"마음을 바꿨어요. 내가 당신을 구해줄게요."

"정말요? 절 여기서 내보내 줄 수 있어요?"

"당장은 어려워요. 여기까지 온 이상 지금은 빠져나갈 길이 없어요. 대신 내게 다른 방법이 있어요."

"그 방법이란 게 뭔데요?"

너무 간절히 매달리는 내 모습에 스스로 흠칫 놀랐다. 구해줘. 누구든, 무엇이든, 와서 날 구해줘, 이 모든 게 사실이 아니라고 해줘!

"당신을 빼돌릴 거예요. 난 외계인이거든요. 아까 어디서 왔냐고 물었죠? 그래서 대답 안 한 거예요."

눈앞에 털이 부숭부숭한 팔뚝이 불쑥 들이닥친다.

"이 문신 보이죠?"

나는 토성처럼 띠가 있는 세 개의 행성이 꿀벌 주위를 돌고 있는 기묘한 문신을 바라본다.

"이게 그 증거예요. 지구인들은 이런 식으로 문신을 하지 않아요."

증거까지 본 마당에 믿지 않을 도리가 없었다. 지구인

들은 그런 식으로 문신을 하지 않는다.

"그놈들이 당신을 납치하기 전에 우리가 빼돌릴 거예요. 아주 은밀하고 조직적으로요. 이 병원에 외계인 조직이 있어요. 나랑 마취과 전문의가 한 팀이에요. 당신은 그냥 그녀가 시키는 대로 하면 돼요. 당신을 마취시키는 척하면서 그녀가 당신을 어딘가로 보내버릴 거예요."

가만히 가슴이 파닥거리며 깨어난다. 다시 뜨거워진다, 마녀의 심장.

"우주 여행은 순식간에 일어나요. 지구와는 시간의 흐름이 다르니까요."

그건 나도 안다. 조디 포스터가 영화 〈콘택트〉에서 다녀왔던 우주 여행이 그랬다. 그녀를 태운 우주선은 발사대에 묶인 채 꼼짝도 하지 않았다. 의식이 사라졌던 단 몇 초의 순간, 그녀는 대기권을 벗어나 다른 행성으로 갔고 자신이 어릴 적 그렸던 그림 속에서 그리운 아버지를 만났지. 그의 이야기를 들으며 내 마음은 점점 더 되살아나 눈을 반짝이고 있었다. 아, 내가 원하던 게 이런 거였다. 엉성하고, 황당하고, 전혀 현실성 없는, 그래서 그때의 내겐 가장 현실성 있는 어떤 것. 휠체어를 미는 턱수염 외계인이 하는 이야기는 날 고향처럼 품었다. 자신의 힘으로 무엇도 어찌할 수 없는 낯선 상황 속에서 겁에 질려 있을 때, 가장 간절히 원하는 것은 친숙한 것과의 접촉이다. 8할의 엉뚱하고 비현실적인 몽상이 키운 아이인 나는 비로소 마음이 놓였다. 캄보디아의 뒷골목에서 맥도날드 간판을 발견했던 그날처럼.

대기실이 있는 곳에서 수술실이 있는 건물로 이어지는 복도는 길고 음울했다. 어두운 회색 카펫이 깔린 복도 양옆으론 그림 한 장, 창문 하나 걸려 있지 않았다. 그 복도는 화물칸처럼 무뚝뚝했다. 이곳을 지날 땐 모두가 눈을 감는 것일까? 누군가는 눈을 뜨고 지나가리라곤 생각지 않았던 걸까? 노골적으로 소독약 냄새를 풍기며 시퍼렇게 올라오던 스펀지 거품처럼, 맹렬히 물을 뿜던 황량한 샤워실처럼, 복도는 날 도살하는 데만 관심이 있었다.

하지만 나도 이번엔 속아 넘어가지 않았다. 이미 엑스파일 속에 들어와 있던 내게 그 복도는 스릴 넘치는 서스펜스의 블랙홀로 들어가는 입구일 뿐이었다. 어둡고 칙칙할수록 좋았다. 그 유명한 〈엑스파일〉의 휘파람 주제곡이 머릿속에서 연속 재생된다.

'좋아요, 멀더. 외계인과의 접속을 끝냈어요.'

수술 병동에 다다랐고 마이크는 짐짓 속도를 늦추더니 내게 다시 다짐을 했다.

"놈들이 눈치채지 못하게 그냥 보통 환자처럼 행동해

요. 최대한 불안한 얼굴을 하고 '수술은 괜찮겠죠?' 하고 물어요. 알았죠?"

나는 고개를 끄덕였고 그는 다시 나를 휘핑크림처럼 떠서 올려 침대 위에 내려놓았다. 그리고 그 외계인은 떠났다.

들어올려지고, 내려놓아지고, 옮겨지는 동안에 나는 어느 틈엔가 다른 개체가 된 것 같았다. 내가 결정해야 하거나 나로 인해 영향받는 것은 아무것도 없었다. 물컵처럼, 화분처럼. 필요할 때 적당한 사람이 필요한 곳으로 옮긴다. 다른 존재의 세상을 경험하기 위해 굳이 외계로 납치될 필요도 없었다.

나는 화분들이 하듯 내가 놓인 새로운 방의 천장을 바라보았다. 빛처럼 하얬다. 그들은 아무것도 없는 하얀 상자 속에 나를 놓아두기로 했다. 어쩌면 방치된 건지도 모른다. 그때 갑자기 내 머리 쪽으로 문이 벌컥 열리더니 누군가가 들어오는 게 느껴진다. 기척만 느껴질 뿐 천장을 향해 누운 내겐 보이지 않는다. 다음 순간, 내 눈앞의 벽이라고 생각했던 것이 아무런 양해도 구하지 않고 화다닥 열린다. 그리고 나는 다시 천장을 바라보며 흘러간다. 강물은 늘 이런 느낌이겠구나. 누워서 위를 바라보며 어디론가 가야 한다. 내가 정한 곳이 아니라서 나도 모르는, 가야 할 곳으로, 불가항력이 떠미는 대로. 물 흐르듯이 산다는 게 꼭 복되지만은 않다는 걸 깨닫는다. 물은, 때론 슬플 것이다. 모습이 보이지 않던 그 누군가는 날 훨씬 크고 기계가 가득한 방에 놓아두고는 다시 모습을 보이지 않은 채 뒷문으로 사라졌다. 또다시 하염없이 천장의 흰 빛을 향해 눈을 깜박였다.

한참 뒤, 사람의 얼굴이 불쑥 천장 한가운데로 솟아올라 아직 화분이었던 나는 굉장히 놀랐다. 마취 전문의였다. 그녀는 자그마한 몸집을 가진 초로의 여인이었는데 파란 마스크 위로 녹색과 벌꿀색이 섞인 눈동자가 상냥하게 반짝였다.

"기분이 어때요? 바로 옆 건물이라도 휠체어 타고 오려니 꽤 멀죠? 하하하."

당신이로군요, 외계인 조직의 일원. 나는 대답 대신 눈을 깜박여 그녀에게 신호를 보냈다. 그녀는 나의 모스 부호를 해독하지 못한 것 같았다. 마취 장비들을 준비하며 흔들림 없는 평탄한 어조로 내 긴장을 풀어주기 위해 이것저것 이야기를 붙여 올 뿐이다. 드디어 그녀가 하얀 플라스틱 마취 마스크를 들고 다가와 더욱 부드러운 목소리로 말했다.

"마음이 아주 편안해질 거예요. 잠을 잔다고 생각하면

돼요. 그냥 천천히 크게 숨을 들이쉬어 보세요."

　나는 시키는 대로 했다. 들이쉬고 내쉬고, 더 깊이 들이마시고 천천히 내뱉고. 서너 번쯤 호흡하자 몸의 경계가 흐릿해진다. 환청이었을까? 마취제가 온몸에 퍼져 의식을 잃을 즈음 희미하게 그녀의 목소리를 들었다고 나는 기억한다.

　"겁낼 것 없어요. 금방 지구로 돌려보내 드릴게요."

그들의 작전은 성공했고 약속대로 나는 다시 지구로 돌아왔다. 3년 동안 우주 여행을 하고 지구로 돌아오면 400년이 지나 있다고 한다. 하지만 외계인에게 납치된 지 36시간 만에 돌아온 지구도 굉장히 낯설었다. 내가 알던 것은 하나도 보이지 않았다. 눈을 떠보니 외계보다 낯선 풍경이 펼쳐져 있고 세상은 다른 소리를 냈다. 그리고 무엇보다, 내가 느껴지지 않았다. 몸은 움직이지 않았고 소리도 나오지 않았다. 입 안에선 나 아닌 다른 맛이 났다. 대신 고통이 날 감싸고 있었다. 중력처럼.

고통은 비처럼 주룩주룩 내렸다. 고통은 안개처럼 스

멀스멀 차올랐다. 그러다 문득 생각났다는 듯 번개처럼 번쩍이며 내 몸을 태웠다. 아니, 말을 잘못했다. 고통은 그렇게 시적으로 날 괴롭히지 않았다. 가장 악의적이고 무례한 방식으로 날 허물어뜨렸다. 내가 아직 집 안에 있는데 벽에 쇠망치질을 해대는 철거반 깡패들처럼. 잭 해머로 콘크리트를 부수는 소음 같은 아픔이 끊임없이 내 뼈를 울렸다. 그런 소음은 귀를 틀어막아도 진동으로 느껴진다.

진통제는 잠시 손바닥으로 귀를 막는 정도로밖엔 날 구원하지 못했다. 아주 조금 둔하게 들릴 뿐 소음은 여전히 그곳에서 공기를 뒤흔들고 있었다. 그리고 손을 떼는 순간 다시 고막을 찢는다. 고통은 어디에도 가지 않고 집요하게 울려 퍼졌다. 웅웅웅웅, 피부의 안과 밖에 우퍼 스피커를 달아 볼륨을 최대로 높인 것 같았다. 고통이 넘실대는 걸 멈출 수만 있다면 무엇이든 하고 싶었다. 그리고 나의 인생이란 것이 얼마나 하찮은 것이었는가를 깨닫는다. 아름다움의 반대말은 추함이 아니라 고통이었다. 고통받는 것은 아름답지 않다. 아름다운 고통이란 없다. 만일 누군가가 "그것은 아름다운 고통이었어"라고 말한다면 아마도 그는 고통받는 척했을 뿐 고통과 살을 맞대어본 적 없는 사람일 것이다.

몸 안팎으로 칼질을 당한 채 살아있는 이에게 가장 수행 불가능한 미션을 꼽자면 기침, 재채기, 흐느낌 3종 세트가 있다. '콜록', '엣취', '흑흑' 한다는 것이 얼마나 깊은 속근육을 폭발시켜서 전신을 터뜨리는 행위인지 그 전까진 미처 몰랐다. 뱃속 전체를 지진처럼 울리면서 온몸을 흔들어야 기침이 되고 재채기가 된다. 그냥 눈물을 흘리거나 입으로만 엉엉 우는 것이 아니라 헉헉 흐느끼려면 또다시 뱃속을 울려야 한다. 허파가 들썩이고 창자가 떨려야 한다.

그래서 일반 병동으로 옮긴 뒤에도 오랫동안 나는 엄마에게 전화를 할 수가 없었다. 엄마 목소리가 너무나 듣고 싶었지만 날 건잡을 자신이 없었다. 미친 듯이 흐느끼고 말 것이다. 생각만 해도 아프다. 그래서 기다리기로 했다. 뱃속의 칼자국들이 아물고, 흑흑 흔들려도 피가 배어나오지 않게 되면 전화하자. 맘껏 흐느끼면서 엄마를 부를 수 있게 되면 그때.

3종 세트 중에서도 가장 두려운 건 기침이다. 그건 갈기갈기 난도질당한 몸속을 채칼로 긁는 것과 같았다. 콜록, 하는 단 한 번의 기침 앞에서 나는 무너졌다. 나의 꿈이며, 추억이며, 이상이며, 의지, 취향 같은 것들은 너무 우스워서 기억조차 나지 않았다. 단지 그 아픔을 한 번 더 겪지 않을 수만 있다면 선뜻 끝내고 싶어질 만큼, 고통 앞에서 삶은 아무것도 아니었다.

나는 무력하고 무력했다. 기침이나 재채기가 톱날을 세우고 너덜너덜해진 몸을 갈아엎고 지나가면 나는 엎드려 기다리는 수밖에 없었다. 날 덮친 그리즐리 곰의 횡포가 끝나기를. 그가 할 만큼 하고 얼른 지나가기를. 그가 거대한 앞발로 날 쓰러뜨리고, 내장을 할퀴고, 두들겨패는 동안 '왜?'라고 묻는 것은 의미가 없다. 그는 할 만큼 해야 물러날 것이다. 그 곰에게 내 사정을 봐줘야 할 이유는 없다. 그곳에 누워 있는 이가 할 수 있는 일이라고는 축복이나 저주가 다였다. 혹시 신이 이런 기분일까?

어떤 통증은 아무 이유 없이도 찾아온다. 삶은 선택의 연속 따위가 아니었다. 내가 만들어가는 작품은 더더욱 아니었다. 선택하지 않아도 우릴 찾아오는 것들이 있다. 지금 우리의 성격과 모습을 만든 것들은 우리가 선택하지 않은 것들이 대부분이다. 그때 그 사고, 그 사건, 그 우연. 생각지도 못 한 순간에, 상상해 본 적도 없는 방식으로 쿵, 하고 부딪혀 오는 것들. 그것들이 날 여기에 오게 했고 지금 내 모양을 만들었다. 아이스크림 가게 유리창 앞에 서서 서른한 가지 중 한 가지 맛을 '선택'하고 있을 때 날 치고 지나갔던 오토바이처럼. 나는 그 사고들의 작품이다. 부러진 다리, 아빠의 죽음, 노스트라다무스의 예언, 비행기 결항, 쓰나미, 배신, 실연, 초거대 종양.

모든 것이 마음에 달려 있다고 믿고 싶었지만 나는 이제 안다. 모든 것은 몸에 달렸다는 걸. 몸이 견딜 수 있을 때에만 그것은 경험이 된다. 몸이 견뎌내지 못하면 마음이 증발해 버린다. 고통만 남고 '나'는 사라져버리는 것이다.

무시무시한 아픔은 내 안에 도사리고 있던 가시들을 모두 세웠다. 선인장의 가시가 원래는 잎이었다는 걸 아는지. 은행나무 잎처럼, 플라타너스 잎처럼. 보드랍고 촉촉하고 팔랑거리는 잎이었다는 걸 아는지. 물도 없고 그늘도 없는 사막에서 그 사랑스러운 잎은 가시로 진화했다. 슬픈 진화였다. 하지만 그렇게 해서 살아남았다. 철거반의 드릴처럼 끊임없이 파고드는 통증을 견디기 위해서, 내 몸에 가해지는 그 모든 모욕을 견디기 위해서 내게도 가시가 필요했다. 바늘 끝만 한 물기만 있어도 살아남을 수 있도록.

그 심리치료사는 날 만나서 정말 기쁜 듯했다.

"세에라! 세상에 너무나 기뻐요, 당신을 만나다니."

록스타를 만난 소녀처럼 두 손을 가슴 앞으로 깍지 끼고는 그렇게 말했으니까. 사실 난 그 병원에서 스타나 다름없었다. 모두가 초거대 종양 생존자에 대해서 알았다. 산달의 남자아기보다 더 큰, 4킬로그램짜리 암 덩어리를 품은 채 50세가 될 때까지 아무렇지도 않게 살았던 깡마른 동양여자의 이야기. 게다가 도살장이나 다름없었던 여덟 시간의 수술을 이겨냈고, 6리터의 피를 쏟고, 쇼크로 심정지까지 왔다는데, 또다시 살아났다는 놀라운

이야기가 전설처럼, 희망처럼 부풀려지고 드라마틱하게 각색되어 여기저기 떠다녔다.

사람들은, 특히 환자들은 그런 이야기를 좋아한다. 자신의 병은 별거 아니라고 느낄 수 있게 해주는 이야기, 그나마 자신의 행운에 감사할 수 있게 되는 이야기. 병원은 인터넷이 필요 없는 곳이다. 이야깃거리가 될만한 소문은 폰을 꺼내 들기도 전에 당신의 귀에 닿아 있을 테니까. 내 스토리는 그들의 구미에 딱 맞았고 맹렬히 소비되었다. 그곳에서 난 모두의 구경거리였지만 누구의 친구도 아니었다.

엘리자베스 퀴블러 로스의 5단계 이론을 아직도 믿는 사람이 없길 바란다. 슬픔은 그렇게 오지 않는다. 순서를 지켜 차곡차곡 오는 것도 아니고 다섯 가지가 다 오는 것도 아니다. 나는 처음부터 체념했고 받아들였다. 그리고 시간이 지나자 그 따위 것들을 받아들인 내게 분노했다. 그리고 복수를 결심했다.

그 심리치료사가 어떤 버전의 이야기를 들었는지 몰라도 아무튼 내 앞에 선 그녀는 정말로 흥분되어 보였다. 그녀의 이름은 데보라였다.

"그냥 데비라고 부르세요."

그녀는 내 손을 잡으며 속삭이듯 말했다. 상냥하고 친

밀한 행동에도 나는 가시가 돋았다. 난 이렇게 말하는 사람들이 싫다. 그냥 올리라고 부르세요, 그냥 멕이라고, 티제이라고, 피피라고…. 올리비아, 메건, 티모시 존스, 피오나 파이퍼라고 왜 제대로 부르지 못하게 하는 거지? 이름이 제대로 불리면 FBI의 추격을 받기라도 하나? 왜 다들 암호로 불리지 못해 안달인 거야? 난 삐딱하게 웃으며 대답했다.

"그럼 난 그냥 센이라고 부르세요."

왜 하필 센이었을까? 미야자키 하야오의 애니메이션 〈센과 치히로의 행방불명〉에 나오는 여자아이의 이름이 센이다. 원래 이름은 치히로였는데 축약형으로 센이라 불린다. 어쩌다 길을 잘못 드는 바람에 유령들의 세계에 갇힌 치히로에게 그 마을의 대장격인 할머니가 '너처럼 하찮은 계집애 이름으로 치히로는 너무 거창하다'며 단출하게 줄여준 이름이다. 지금 내게 이보다 더 어울리는 이름은 없을 것 같았다.

"센! 정말 귀여운 이름이에요. 꼭 어울려요."

그 애니메이션을 보지 못한 게 분명한 그녀가 눈치 없이 감탄했다. 그러더니 자신도 나와 똑같이 다음 달에 쉰 살이 된다며 다시 한번 내 손을 잡고는 호들갑을 떨었다. 데비는 좋은 사람이었다. 만약 몇 달 전에 만났더라면 우린 벌써 커피 약속을 잡고, 함께 지역 농부들이 여는 일요 장터에 가서 홍당무를 샀을 것이다. 하지만 두더지처럼 고통의 굴 안에서 지내던 내게 그녀의 밝음은 성가시게 눈을 찔렀다.

데비는 돌돌 말린 내 가시를 펴서 다시 잎사귀로 되돌리기 위해 안간힘을 썼다. 마음을 적시기 위해 많은 이야기를 했고, 내가 많은 이야기를 하도록 솜씨 좋게 질문을 했다. 젊은 시절 라디오 아나운서로 일했다는 그녀는 내가 호주에서 만났던 그 누구보다 발음이 정확했다. 특히 '원더풀', '왓', '웬즈데이' 하고 말할 때마다 립스틱을 바른 윗입술이 나팔꽃처럼 완벽한 W자를 그리며 활짝 피어났다. 나는 그녀의 이야기에 귀 기울이려고 노력했다. 다시 찰랑이는 잎사귀의 시절을 맞이할 수 있을 거라고 믿으려 애썼다. 그녀가 이 말을 하기 전까지는.

"아픔은 피할 수 없지만 그 아픔으로 고통을 받느냐 받지 않느냐는 우리가 선택할 수 있어요. 아픔을 친구로 삼아 보세요."

나는 아픔에 시달리느라 시커먼 다크서클이 드리워진 눈으로 그녀의 분 바른 얼굴을 노려보았다.

"그 친구, 소개시켜 드려요? 죽이 아주 잘 맞으실 것 같은데."

데비의 나팔꽃 같은 윗입술이 서리 맞은 듯 오므라들었다. 그리고 그녀와의 상담이 시작된 후 처음으로 나는 그녀에게 미소를 지어 보였다.

이렇게까지 고약하게 구는 내가 역겨우면서도 든든했다. 악당은 언제나 마지막까지 살아남으니까. 하지만 데비의 잘못도 있었다. 그 전직 아나운서는 단어 선택에서 끔찍한 실수를 저질렀다. 친구는 그렇게 만드는 게 아니다. 내가 그러기로 결심한다고 해서 누군가가 친구가 되진 않는다. 상대방도 나와 친구할 생각이 있어야 한다. 그도 날 좋아하고 배려할 마음이 있어야 한다. 무작정 나 살자고 덥석 끌어안는 것은 기진맥진한 권투 선수가 상대 선수를 클린치하는 것뿐이다.

고통이 선택이라고? 강도를 당할 수는 있지만 강도에게 고통을 당하는 것은 선택이라면 그 강도를 친구로 생각해 보면 어떨까? 내 뺨을 갈기고, 발로 차고, 쓰러진 내게 총을 겨누며 내가 가진 모든 것을 빼앗고 신발과 속옷까지 벗겨 가고는 있지만 그냥 친구들끼리 하는 장난일 뿐이니 고통스럽진 않다고 느낄까?

통증은 강도처럼 내가 알던 나의 모든 럭셔리를 앗아갔다. 내가 갖고 있는 줄도 몰랐던, 재채기하고 돌아눕는 즐거움조차 탈탈 털어 벗겨 갔다. 고통은 느닷없이 뒤통

수를 치듯 시작되어 온몸이 너덜너덜해질 때까지 날 짓밟았다. 그리고 내게 총을 겨눈다. 허튼짓하면 언제든 날 죽일 수 있다는 걸 확인시키려고. 분명한 건, 나는 아픔을 증오하고 아픔은 나와 친구 할 생각이 없다.

아픔을 친구로 삼으라던 말, 당장 취소해, 데보라 J. 윈스턴.

릴 라

수술에서 살아남자 내 삶은 갑자기 기억해야 할 것들로
넘쳐났다. 나를 그냥 스쳐 지나가는 건 하나도 없었다.
푸들 모양을 한 구름도, 누군가의 이어폰에서 새어 나오
는 토토의 〈아프리카〉도, 팝콘의 냄새도, 목소리도, 뭉
툭한 손가락도, 나뒹구는 비닐봉지까지도 내게 '기억나?'
하며 말을 걸었다.

　때론 귀를 틀어막고 싶을 정도로 모든 것들이 자신이
끌고 온 기억의 한 자락을 곱씹어달라고 아우성이다. 늦
여름의 매미들처럼 절박하게. 기억나? 기억나냐고! 설마
날 잊진 않았겠지? 여기 갔었잖아, 이걸 마시면서 첫 책

을 썼잖아, 저 색으로 단풍이 들었잖아, 그때 저 노래가 들렸잖아…. 눈에 띄는 모든 것들이 무언가를 끌고 왔다. 때론 사소한 기억의 조각을, 때론 하나의 시절을.

그러다가 그날, 그 남자가 그 티셔츠를 입고 지나갔다. 병실의 창문 밖으로 잠깐 보았을 뿐인데 남자의 등에 프린트된 낱말이 우연히 만난 동창생처럼 아주 크게 내 이름을 불렀다. 릴라Leela. 땀에 젖은 티셔츠 뒷면에 분명 릴라라고 쓰여 있었다. 그걸 읽자마자 다섯 개의 알파벳은 브레멘의 음악대처럼 요란하게 쿵작거리며 내 기나긴 히피 시절을 연주하기 시작했다. 그 시절 내 이름은 릴라였다. 내 스승은 날 볼 때마다 마디진 손으로 내 머리를 쓸어내리며 말씀하셨다.

"나의 놀이하는 아이가 여기 있구나. 환하기도 하지. 너는 그 밝음을 갖고 세상으로 가거라."

스승이 우리에게 가장 자주 강조했던 것이 '릴라 정신'이었다. 릴라. 우주의 놀이, 신의 장난, 거대한 농담. 우리는 그 유쾌한 장난의 일부일 뿐이니 사는 내내 놀이하는 마음을 잊지 말라고 당부하셨다. 나는 그 말이 못 견디게 좋았다. 릴라, 릴라… 구슬 같은 그 말을 입에 넣고 사탕처럼 굴리며 나는 스승 앞에서 춤을 추었다. 그 놀이판에서 신이 간지럼을 태울 때마다 나는 까르르 웃었다.

그 사탕 같던 릴라가 이젠 창처럼 나를 찌른다. 놀이, 놀이라고? 이게 다 장난일 뿐이라고? 이 고통을, 이 절망을 누군가가 장난이라고 부른다고? 놀이하는 아이의 시퍼런 주삿바늘 자국 가득한 허벅지는 분노로 파르르 떨렸다. 이게 다 농담이었다니 기가 막혔다. 그런 거짓말에 놀아난 것이 믿어지지 않았다. 바보 같으니. 나는 우주가 벌여 놓은 놀이판에서 한바탕 논 게 아니었어. 이렇게 다 찢겨 나가도록 우주의 놀잇감이 되었을 뿐이야.

거울 앞에 서서 옷을 들춰 보았다. 헝겊 인형처럼 누덕누덕 기워진 내가 보인다. 누군가 함부로 갖고 놀다 버린 것 같다. 찢겨지고 구멍 뚫렸던 자리마다 꿰매고 틀어막아 놓았지만 아직도 상어가 물어뜯은 자국처럼 시뻘겋다. 팔과 다리엔 혈관이 보이는 곳마다 찔러댄 수백 개의 주사 자국들이 노랗고 파란 멍들로 촘촘하다. 이것이었나? 이 풍경을 보여주려고 그 많은 길들을 떠돌게 했나? 날 사랑한다던 그 우주의 작전은 어디로 갔지? 혹시 이것이냐, 사랑이?

지구별을 여행하며 10년 째 떠돌던 무렵, 내가 알던 시인 한 분이 이런 메일을 보내주신 적이 있다.

'얼마나 압도적인 풍경을 만나려고 너는 그렇게 흩날리기를 멈추지 않는 것이냐?'

그 말의 낭만적인 울림을 가슴에 품고 나는 세상 속으로, 삶의 풍경 속으로 자꾸만 뛰어들었다. 그러나 결국, 거울 속의 지금 내 모습이 나를 압도하고 말았다. 네 꼴을 좀 봐. 내 모든 여행의 완결편, 그 종착역의 풍경은 이러하다.

20대의 끝자락, 내가 탐독했던 책들은 가슴을 뛰게 했다. 마음의 소리를 믿고, 더 크게 원하고, 더 간절히 원하고, 그걸 받았음을 미리 감사하는 것에 대한 이야기들. 내 안에는 깊이를 알 수 없는 창고가 있고 크기를 알 수 없는 거인이 숨어 있어서 내가 진정 원하기만 한다면, 충분히 긴 시간을 들여(1만 시간을 권장한다) 그것에 집중하기만 한다면, 그 거인이 사랑과 행복과 풍요를 창고에서 넘치게 가져다 줄 것이라고. 틀렸다. 모든 것이 루머였다. 내가 내 삶을 창조하고 있다고? 내가 꿈꾸기만 하면, 그것을 받을 준비만 하면 원하는 것들이 삶 속에 나타나는 것이 우주의 법칙이라고?

나는 말기 암을 꿈꾼 적 없다. 상상해 본 적도 없다. 21센티미터의 종양을 갈비뼈 안에 담고 살아갈 수 있다는 것조차 몰랐다. 하지만 그것이 내 삶에 나타났다. 아주 선명하게, 나보다 더 주인공처럼. 알지도 못 했던 것을 어떻게 바라고, 믿고, 꿈꾸고 간절히 원할 수 있지?

내가 원했던 건 베네치아 곤돌라 뱃사공과의 연애였다. 모든 수족관의 돌고래들을 바다로 돌려보내는 것이었다. 비타민을 믿었다. 얼마나 굳게 믿었는지 귤 한 박스를 이틀 만에 먹어 치운 적도 있다. 그리고 근육을 믿었다. 매일 기마자세로 칫솔질을 하면 탄탄한 허벅지로 흐드러지게 훌라춤을 출 수 있는 할머니가 될 거라고 믿었다. 내가 믿는 건 그런 거였다.

하지만 나의 믿음은, 나의 바람은 우주의 작전과는 아무런 상관이 없었다. 내 안에 있던, 깊이를 알 수 없는 그것은 늪이었다. 그 늪의 곱고 차가운 진흙 속에서 서서히 몸을 키워온 것은 사랑도 풍요도 행복도 아니었다. 그건 종양 덩어리였다. 우주의 숨겨진 계획, 나도 모르게 준비한 깜짝 선물. 내 운명이 천천히, 그러나 꾸준하게 준비해 온 것, 21센티미터의 암 덩어리.

죽음의 문턱까지 가면

가족들과 친구들에게 병을 알리지 않은 것은 순전히 이기적인 나의 욕심 때문이다. 하지만 2021년은 코로나 바이러스가 정점에 달하던 시기로 알렸다 해도 누구 하나 움직일 수 있는 상황이 아니었다. 특히 암 병동은 보호자의 방문마저 제한할 정도로 방역이 엄격했기 때문에 설사 호주까지 왔다 해도 병실에 들어올 수 없었을 것이다. 그래서 ICU에 있었던 7일과 회복 병동에 있었던 한 달 동안 나를 아는 누구도 나를 찾아오지 않았다. 대신 아빠가 왔다.

수술에서 깨어난 지 이틀째 되던 날이었다. 아빠가 성

큼성큼 걸어 들어왔다. 어깨에 별을 달고서. 군 생활 20
년간 꿈꿨지만 끝내 달지 못했던 별을, 이마와 어깨에 총
총히 빛내며 나의 아빠는 왔다. 여기선 이런 일들이 실제
로 일어난다. 몸이 극도로 약해지고 뼈와 근육이 더 이상
내 것이 아니게 되면 마음이 몸 대신 매달릴 곳을 찾기
때문이다. 이성과 논리, 잘난 척하며 쌓아 왔던 지성 같
은 것들은 지푸라기 같아서 도무지 매달릴 만한 것이 못
된다. 내 안에 뼈대처럼 마지막까지 남아있는 것은 미련
이었다. 신파였다.

아빠는 거짓말처럼 별을 달고 와선 날 번쩍 들어 목말
을 태워주었다. 아직 나의 나폴레옹이었던 그 시절의 아
빠가, 아직 술독에 빠져 스스로를 허물어뜨리기 전의 아
빠가, 젊은 미루나무처럼 우뚝 선 군복을 입은 아빠가 내
게 와서 '아빠가 있는데 뭐가 걱정이야!' 하고 큰 소리를
쳐주었다. 거짓말인 것을 알면서도 기뻤다. 환영인 것을
알면서도 아빠의 목말을 타니 좋았다. 진통제가 치사량
으로 들어오면 우리는 보고 싶은 것을 볼 수 있다. 가장
유치하고도 진부해서 틀릴 수가 없는 방식으로.

모르핀에 절여져 정신을 잃을 때면 여러 가지가 보였
다. 무서울 만치 또렷했다. 그들이 내게 무서운 양의 모
르핀을 쏟아부었기 때문일 것이다. 혈관에 꽂힌 진통제

링거뿐만이 아니었다. 뱃속에 한꺼번에 대량의 모르핀을 뿜어 넣을 수 있도록 펌프가 옆구리에 구멍을 뚫고 연결되어 있었다. 이 펌프는 가끔씩만, 내가 1에서 10까지의 통증 레벨 중 8 이상이라고 울부짖을 때만 담당 간호사가 눌러주었는데, 먹먹하게 아픔이 잦아드는 순간이면 의식이 흐릿해지면서 내가 원하는 것을 볼 수 있었다. 타지마할을, 유치원에서 견학 갔던 동물원을, 밤의 쿠스코를, 아직 기차가 다니던 시절의 이대 앞 골목길을 나는 그때 다시 가 보았다.

즐겁게 풍선을 타고 날아가는 여행은 아니었다. 오히려 악몽을 꾸는 방식과 아주 비슷했다. 원하는 곳에 가지만 그 풍경 속에서 나는 무능하고 휘둘리는 존재였다. 난폭한 누군가가 내 머리채를 잡고 얼굴을 풍경 속에 찍어 누르는 것처럼 모든 것이 순식간에 나타났고 지나치게 선명했다. 가령 타지마할 바닥에 깔린 대리석의 문양을 보려고 하면, 그 문양들 사이 갈라진 틈새에 낀 먼지와 개미의 더듬이와 그 더듬이에 돋은 미세한 솜털까지 미생물처럼 망막을 파고들어 날 기겁하게 했다.

두려움에 저항하려는 의지조차 잦아들어 기진맥진할 때쯤이면 언제나 공통적으로 보이는 장면이 있다. 물가 풍경이다. 해가 지고 뱃사공이 노를 저어 온다. 그리고 한 여자의 뒷모습. 그게 나라는 걸 알 수 있다. 그녀는 물가에서 돌을 던지며 하염없이 앉아 있다. 뱃사공이 서두르지 않고 천천히 노를 저어와 손을 내민다. 거기까지다. 그 장면이 나오면 모든 것이 환영이었다는 뜻이다. 영화의 엔딩 크레디트처럼. 그리고 깨어난다.

죽음의 문턱까지 갔다가 돌아온 이들이 하는 이야기, 즉 임사 체험에는 마음이 우리를 가엾게 여길 때 위로하는 방식이 고스란히 드러나 있다. 그들은 빛의 터널을 통과해 생전에 그들이 가장 사랑했던 이들을 만난다. 돌아가신 부모님이나 할아버지, 할머니, 남편과 아내, 혹은 천사나 신이 그들을 기다리고 있다. 그리고 그들은 간절히 듣고 싶던 말을 해준다. '사랑한다', '용서한다', '네 잘못이 아닌 걸 알고 있다', '널 지켜보고 있었다', '네가 자랑스럽다', '고맙다' 등등. 그렇게 한동안 회포를 풀고 나면 그들은 말한다.

"넌 아직 이곳에 올 때가 아니야. 돌아가서 두려움 없이 살아. 이젠 죽음이 두렵지 않다는 걸 알았으니 그저 사람들과 사랑하며 지내라."

예전에 나는 이런 이야기들을 믿지 않았다. 너무나 명백하게 그들의 마음이 준비해 놓은 시나리오라는 걸 알기에. 지금도 믿지는 않는다. 하지만 이해한다. 우리의 의식은 그런 상황에서 충분히 그런 체험을 할 수 있고, 했다고 믿을 수 있다. 그것은 우리가 삶을 경험하는 방식이기도 하다. 사실이 아닐지 몰라도 엄연히 일어난 일이다. 헛소리가 아니다.

내 머리 위의
스푸트니크 호

사람은 뼈와 살과 이야기로 빚어진 존재이다. 그중 어느 하나라도 약해지면 병이 든다. 그리고 삶이 무너진다. 찢기고 구멍 뚫린 뼈와 살로 누워 있던 ICU에서의 일주일, 날 무너뜨렸던 것은 이야기의 부재였다.

혈액검사 수치, 체액검사 수치, 혈중 산소 농도, PET, CT 촬영, 엑스레이 필름, 이름을 알 수 없는 액체들의 밀리미터 단위, 알약들의 마이크로미터 단위, 진통제의 함량, 여섯 알의 아침 약과 일곱 알의 오후 약, 수면제를 놓아주는 시간⋯. 거기엔 숫자만 있을 뿐 나는 없었다. 오로지 체액의 수치만이 의미가 있다. 간 수치, 신장 수치, 혈중 산소 수치, 혈압 수치로 나는 해체되었다. 알코올과 에탄올 수치로 표기된 샤넬 넘버 파이브처럼. 믹서기에 넣고 돌려진 웨딩 케이크처럼. 나의 질감과 맛은 라틴어와 숫자로 분쇄되어 차트에 볼펜으로 성의 없이 휘갈겨 적혔다.

그렇게 분해된 나를 전문의들이 한 조각씩 들고 갔고, 다시 더 잘게 분해한 표와 숫자로 들고 와 '나'에 대해 알 수 없는 용어로 이야기했다. 50년을 살아봤다고 잘난 척할 것 하나 없었다. 나는 나에 대해 아무것도 모르고 있었다. 그들이 읽고 있는 나는 내가 한 번도 가본 적 없는 나라의 지도였다. 생물로서의 나였다. 내가 알던, 나와 어디든 함께 다니던 졸린 눈의 여자는 어디에도 없었다. 성격으로서, 이야기로서 존재하던 그 여자는 정체를 알 수 없는 희끄무레한 가루가 되었다.

못된 주제에 겁은 많아서 미움 받지 않으려 무던히 애쓰던, 팬티만 입고 거울 앞에서 맘보춤을 추던, 향수 샘플을 좋아하던, 요정을 믿던, 신호등을 기다리며 몰래 마법의 주문을 외우던, 창틀에 기대어 울던, 그 여자는 어디로 간 것일까? 그들은 나의 심장 박동 수와 헤모글로빈 수치는 알지만 그 심장을 드나들던 스물한 번의 연애는 알지 못한다. 내 담즙으로 흘러들어간 그 많던 외딴방의 쓸쓸함도.

좌심실 혈류 이상? 그것은 미친 연애였다. 빌리루빈 수치 1.5? 그것은 부서질 만큼 피곤한 몸으로 들어섰던 고독한 밤들이었다. 하지정맥 혈전? 그건 기차역과 공항에서 슬리퍼를 신고 하염없이 서성이던 두 발이었다. 그것은 삶이었다. 살아있는 순간들이었다. 나는 삶을 살았고 간이, 쓸개가, 허파가, 콩팥이, 심장이 그 모든 방에 나와 함께 체크인하고 함께 울었다. 하지만 이곳에서 나의 이야기들은 아무런 힘도 없다. 이야기로 쌓은 성인 나는, 이틀 만에 무너져버렸다.

ICU에서 첫 나흘간 나의 몸은 기아 상태에 빠졌다. 위와 장이 아직 음식을 받아들일 수 없기 때문에 먹을 수 있는 거라고는 물과 엷게 희석한 사과주스가 전부였다. 그때까진 몰랐다. 내가 그토록 음식에 기대어 살고 있었을 줄이야. 즐겁고 벅차고 슬프고 안쓰럽고 헛헛할 때마다, 부끄럽고 억울하고 신나고 마음이 놓일 때마다, 나는 캔을 따고, 바스락거리는 봉지를 열고, 무언가를 끓였구나. 그걸 못 하니 감정이 완결되지 않았다. 어떤 경험도 제대로 수납되지 않았다.

질병에 관한 인간의 역사는 의학의 역사가 아니다. 그것은 '몸을 갖는다'는 것의 역사였다. 특정한 시대와 장소에서 몸을 갖는다는 것, 몸으로 존재한다는 것. 몸은 단순히 뼈와 살의 무더기가 아니다. 몸은 비오는 날의 산책이고, 젖은 바짓단이고, 빵집 앞의 서성거림이고, 차가운 수박을 베어 문 입술이고, 추억이고, 여행 가방을 끄는 새카맣게 탄 손이고, 울어서 부은 뺨이고, 해장라면을 먹으러 가는 쓰린 속이다. 그 서성임과 우물거림의 서사가 사라지자 내 마음은 탐욕스러워졌다. 맹렬하게 영양분을 찾았다. 그리고 이야기를 섭취하기 시작했다.

밤의 응급병동 간호사들에게 얼마나 많은 수다가 필요한지 아는가? 병원 내 온갖 루머와 잡담들이 내 몸 속에 분필가루처럼 차곡차곡 쌓였다. 한 젊은 간호사는 끊임없이 자신의 어린 딸 이야기를 했다. 그 아이는 여섯 살인데 못하는 것이 없다. "트레이시는 영어로도, 아랍어로도 노래를 부를 수 있어요." "트레이시가 두 달 전부터 탭댄스를 시작했어요." "어제 트레이시가 내 지갑에서 5달러를 훔쳤어요. 그런데 그 돈으로 사탕을 사서 반을 주며 '이제 우린 공범이야' 하는 바람에 혼을 낼 수가 없었어요."

나는 트레이시가 잔돈을 훔치듯 이야기를 훔치기 시작했다. 그 아이가 겪는 일상의 모험을 훔쳐서 살았다. 구멍이 뚫리고 튜브로 꿰어진 나의 몸을 느낄 때마다, 고통이 악어 같은 이빨로 물어뜯을 때마다 나는 트레이시의 스쿨버스에 올랐다. 꼬마 트레이시의 노래를 불렀다. 그리고 천진한 의기양양함을 맛보았다. 다시 유아로 돌아가서 삶을 연습하는 것 같았다. 말랑말랑한 견습 인간이 되어 엄마를 웃게 하는 것부터 다시 배우고 있었다.

그렇게 빌린 삶으로 날 두르고 숨어 지내던 어느 해 질녘, 또 멀리 북소리가 들려왔다. 둥둥둥둥. 나를 끝없이 떠돌게 했던 그 북소리가. 23년 동안 떠나고 또 떠났지만 만족을 모르는 '먼 곳'의 갈망이 다시 북을 치고 있었다.

거기에 가자, 거기에 가자, 신발을 신어라, 가슴이 뛰어라, 다시 흥분으로 밤을 새워라, 그곳에 갈지어다, 그것이 될지어다! 북소리는 다시 내 이름을 부르고 있었다. 너! 돌연변이 영혼, 길을 떠나라!

지금 그 북소리가 들리니 기가 막혔다. 나에게 어쩌라는 것인가? 도대체 어디로 가자는 것인가? 더 이상 어리지도 무모하지도 않은데 이제 와서. 찢기고 꿰매진 내게 와서. 이 꼴을 좀 봐, 보라고!

하지만 약에 취해 정신을 잃으면 환영 속에서 나는 어김없이 가방을 싼다. 또 어딘가로 떠나려 한다. 습관은 지독한 것이다. 떠돌이의 피는, 피가 시냇물처럼 넘쳤던 수술실에서 단 한 방울도 흘러내리지 않고 창립 멤버처럼 날 지키고 있었다.

여행이란 죽음의 예행연습이라는 말을 들은 적이 있다. 있던 곳을 떠나 다른 곳으로 가는 연습을 하는 것이라고. 그래서 나는 어릴 때부터 그토록 이를 악물고 연습했던 것인지도 모른다. 제다이가 되려면 세 살 때부터 훈련을 시작해야 하듯이 인생을 알기도 전에 떠나는 연습부터 시작했던 아이가 자라 여기에 있다. 울고 싶어도, 힘이 들어도 길 위에서 버티며 풍경들을 영혼에 쑤셔 넣던 바보가 결국은 이 꼴로 죽음을 기다리고 있다. 정처를 갖지 않고, 결혼하지 않고 거듭 떠나기만 연습했던 이유가 바로 이것이었나? 이 여행을 해내려고?

엄마가 옛날 앨범을 정리하다가 발견했다면서 아주 어릴 적 내 사진을 핸드폰으로 찍어 보냈다. 네다섯 살쯤 된 어느 여름의 사진이다. 트레이시보다도 어렸다. 포동포동한 양볼 가득 아이스크림을 베어 물고 아이는 잇몸을 환히 드러내며 웃고 있다. 온몸으로 웃고 있다. 삶이 진정으로 기뻐 견딜 수 없는 어린 것의 웃음이다. 그때 세상은 숨을 멈추고 다섯 살짜리를 지켜보았다. 해는 쩅쩅 아이 위로 쏟아지며 영원히 살 것이라고 속삭이고 있었다. 그 시절을 기억한다. 여름은 영원할 것만 같았다. 너무나 밝게 타올라서 그 계절이 꺼진다는 게 믿어지지가 않았다. 웃어도, 울어도 나는 빛 속에 있었다. 그 사진을 손에 들고 나는 웃는 아이를 향해 말을 걸었다.

"안녕? 45년 뒤에 너는 말기 암 진단을 받게 된단다."

말을 하고 나자 이상한 예감에 휩싸였다. 혹시 저 아이는 알고 있었던 게 아닐까? 풍선껌 같은 잇몸을 분홍색으로 빛내며 처연하게 웃는 그 얼굴이 실은 모든 걸 알고 있노라 말하고 있는 것 같아 나는 황급히 사진을 뒤로 넘겨버렸다.

유치원복을 입은 나와, 대학을 갓 졸업한 나와, 집시처럼 떠돌던 내가 나란히 서서 어디선가 나를 지긋이 내려다 보고 있는 것 같은 기분이 들었다. 그들은 처음부터 다 알고 있었던 게 아닐까? 그래서 그토록 치유에 집착하고 힐러들을 찾아 세상을 떠돌았던 게 아닐까? 잔병치레도 없이 새파랗던 시절부터 나는 왜 스스로를 치유해야 한다고 생각했을까? 뭘 그렇게 낫고 싶었을까, 무얼 그렇게 치료하고 싶었을까. 시간이 얼마 남지 않았다는 걸 어린 나는 본능적으로 알았던 걸까. 그래서 그렇게 문득, 이유 없이 설움에 북받쳐 울고 허겁지겁 무언가를 찾아다니느라 늘 조바심 낸 걸까? 그 사진을 보내주며 엄마는 말했었다.

"넌 요만할 때부터 항상 떠나겠다고 했어. 엄마, 나는 멀리 갈 거야, 멀리멀리 갈 거야, 그랬어. 조그만 게 뭘 안다고."

세상을 떠도는 이들은 많지만 내겐 일종의 절박감이 있었다. 나의 시간이 곧 끝난다는 걸 알고 있는 이의 헐떡거림이 있었다.

그 시절들의 수많은 '나'는 보이저 호처럼, 스푸트니크 호처럼 아직도 낡은 기술로 지구와 계속 교신하면서 나에게 메시지를 보내고 있는지도 모른다. 보이저 호에는 지구의 타임캡슐이 실려 있고 그 캡슐에는 세계 각국의 인사말, 물소리, 바람소리, 개구리 소리가 담겨 있다.

열여섯의 나도 여전히 어딘가에서 유서를 쓰고 반항의 임무를 수행 중일지 모른다. 다섯 살의 나 역시 아무도 기억하지 않는 그 시절의 궤도를 돌며 사진을 찍고 풍경을 기록하고 소리를 녹음해서 50살의 내게 전송하고 있는지도 모른다. 그리고 언젠가 그 타임캡슐을 먼 우주 행성 같은 미래의 내가 재생할지도 모른다.

나도 지금의 나를 담아 나지막한 위성 하나를 쏘아 올린다. 그 위성은 심장 박동기의 소리, ICU의 풍경, 간호사의 '미안해요, 따끔할 거예요' 하는 목소리, 시퍼런 젤리와 단백질 주스를 담고 은하계를 여행할 것이다.

메 멘 토   모 리

ICU에선 누구도 잠들지 않는다. 적어도 우리가 알고 있
는 그런 식으로는 잠들지 않는다. 그저 운이 좋다면 소음
과 통증의 틈새에서 이따금씩 정신을 잃을 수 있을 뿐이
다. 몇 분 뒤, 어김없이 다시 깨어난다. 그리고 아픔을 느
낀다. 침대 위에서 나는 갑판 위의 물고기처럼 펄떡거렸
다. 살아있는 자들의 땅으로 돌아가기 위해서.

　ICU는 국경지대다. 누군가는 얼굴이 덮여 죽은 자들
의 땅으로 실려 가고, 누군가는 수액 줄을 꽂은 채 살아
있는 자들의 땅 — 일반 병동 — 으로 실려 갔다. 그 경계
는 너무 희미해서 눈에 보이지도 않는다. 잘못된 기침 한

번, 타이밍이 나쁜 뒤척임 한 번으로도 저쪽 땅으로 굴러 떨어질 수 있다. 국경선에서 두 나라의 국가가 울려 퍼지 듯 그곳에선 언제나 '메멘토 모리(죽는다는 것을 기억하라)' 와 '카르페 디엠(현재를 즐겨라)'이 동시에 울려 퍼진다.

기계들이 나의 들숨과 날숨을 쥐고 있고, 모르는 약들 이 내 피와 체액과 아픔의 크기를 결정하던 시간, 몸의 경 계라는 것이 얼마나 허황되고 허술한 것인지 깨달았다. 얇은 붕대 사이로 피가 드나들 듯 죽음이 자유로이 내 안 을 드나들었다. 죽음은 아주 당연했다. 그곳에서 죽음은 세상에서 가장 자연스러운 일이다. 모두가 그걸 알기 때 문에 그곳은 평화로웠다. 데이지가 핀 오솔길을 강아지 가 달려가는 식으로 평화로운 게 아니라 달도 없는 사막 의 밤, 보아뱀이 잠들어 있는 흰 쥐를 소리 없이 삼키고는 고요히 똬리를 트는 방식으로 평화로웠다. 뱀의 뱃속 같 은 평화 안에서 나는 생각했다. 내가 죽음을 알던가? 지 금까지 몇 명이나 살다가, 갔을까? 오로지 혼자 맞이할 수밖에 없는 그 순간에, 다들 어떤 얼굴로 떠났을까?

죽음을 알고 싶어서 나는 많이 죽어 보았다. 히피 시 절, 나는 죽음을 연습하는 사람들의 모임 멤버였다. 우리 는 다양한 방식으로 서로의 장례식을 준비했고, 유언을 남겼으며, 관에 누운 친구의 얼굴에 꽃을 뿌렸다. 홀로

관에 누운 채 해가 뜨는 것을 보기도 했다. 하지만 그것이 전혀, 어떤 식으로든 나의 죽음을 준비시키지 못했음을 깨닫는다. 막상 밤길에선 아무런 소용도 없는 여성 호신술 같은 거였다.

죽음은 내가 연습한 대로 오지 않았다. 연습할 수 있을 거라고 생각했던 순진함이 감탄스러울 정도로 세상은 느닷없이 갈라지고, 나는 죽음 앞에 볼품없이 굴러 떨어져 있다. 하지만 갑작스럽지 않은 죽음이라는 게 과연 있기는 할까? 언제 오든, 어떻게 오든 모든 죽음은 어이없고 독특하다. 인생보다 더 독특한 게 죽음이다. 엇비슷한 인생은 있어도 엇비슷한 죽음은 없다.

간호사들이 허벅지에 항생제 주사를 놓고, 피를 뽑고, 의사들이 상태를 살필 때마다 나는 그들이 기계 옆에 놓아 둔 차트를 훔쳐 보았다. 읽을 수 있는 거라고는 맨 윗줄뿐이었지만. 세라 곽. 49세. 신경내분비종양 4기.

언젠가 새벽에 날 체크하러 온 한 의사에게 물었다.

"종양 4기라는 게 무슨 뜻인가요?"

그녀가 차트를 뒤적이던 손을 멈추고 나를 보았다. 그 얼굴은 아기가 어떻게 태어나는지 설명해야 하는 엄마 같다. 오, 이 아이에게 어디까지 이야기해줘야 하나? 그녀는 상냥한 목소리로 가장 쉬운 단어를 골라가며 설명한다.

"보통 종양이 한 개이고 2센티미터 이하면 1기, 혈관을 침범한 종양이 여러 개면 2기, 3센티미터가 넘는 종양이 여러 개면 3기, 종양이 5센티미터가 넘고 전이된 상태면 4기라고 불러요."

5센티미터라고? 내 건 21센티미터인데? 유아복 코너에서 옷을 골라 입으라는 소리처럼 들렸다. 저, 혹시 4세 이상 사이즈도 있나요?

"4기 이상도 있나요?"

그녀는 웃으며 고개를 저었다. 또다시 뱃속에서 시커먼 축포가 울려 퍼진다. 모두 잔을 들어라, 종양이 도달할 수 있는 최대치에 도달한 인간을 기념하라! 나는 검은 띠를 딴 것이다. 천하무적이다. 이 이상의 레벨은 없다. 그녀가 친절하게도 부연 설명을 한다.

"드물지만 13센티미터가 넘어가면 거대 종양이라고 따로 분류하고, 16센티미터가 넘는 경우엔 초거대 종양이라고 부르죠."

심장 박동기가 옆에서 부드럽게 비빗비빗 소리를 낸다. "초거대 종양." 그 말을 새겨 나의 간에 명찰 붙이려는 것처럼 한 글자씩 발음해 본다. 하지만 그것도 아직은 청소년복 사이즈이다. 난 성인복 사이즈가 필요한데 21

세 이상은 어디로 가야 하나요?

"당신의 종양은… 크기로만 따지자면 간암 100기 정도 되겠네요."

그녀는 명랑하게 툭 던지더니 한쪽 눈썹을 치켜뜨며 날 본다. 자신의 재치에 감탄해 주길 기대하고 있다. 내 웃음을 기다리고 있다. 이불을 뒤집어쓰고 그녀로부터 날 감췄다. 상처받은 이가 살아가기에 세상은 안전한 곳이 아니다. 모두가 너무 조심성이 없다. 게다가 그곳은 나를 나만의 것으로 지켜주던 벽들이 모조리 사라져버린 공간이었다. 누구나 '나'를 침범할 수 있었다. 언제든 아무 경고도 없이. 필요하면 들이닥쳐 날 들쑤시고, 뽑아가고, 찍어 갔다. 그리고 그때마다 이름과 생년월일을 물었다. 그리고는 숫자를 하나 골라잡으라고 했다. "1부터 10까지 통증의 정도를 매긴다면 지금은 얼마나 아픈가요?"

한번은 세어본 적이 있다. 스물여섯 번. 하룻밤에만 스물여섯 번 나는 불쑥 내 곁에 나타난 인간들에게 내 이름과 생년월일을 이실직고해야 했다. 나는 지금도 자다가 깨면 내 이름과 생년월일을 댄다. 세라 곽. 16일. 6월. 1972년.

아직도 궁금하다. 정말 그들은 내가 차트에 적힌 사람

과 다른 사람일 수 있다고 생각한 것일까? 누군가가 날 다른 사람으로 바꿔치기 하거나, 만우절 날 중학생처럼 내가 의사선생님을 골탕 먹이려고 다른 환자와 침대를 바꿔 누워서는 킬킬거리고 있을 거라고 생각하는 것일까? 걷기는커녕 돌아눕지도 못 하는 내가. 몸에 아홉 개의 구멍을 뚫고 총 천연색 튜브들로 꿰어 결박해 놓고서는. 에일리언의 촉수에 관통당한 시고니 위버처럼 피와 체액을 흘리며 기계에 대롱대롱 매달려 있는데.

'그들'은 내 방에만 들이닥치는 게 아니었다. 내 몸 안으로도 온갖 것들이 예고도 없이 들이닥쳤다. 필요할 때마다 문을 하나씩 새로 뚫었다. 결국 내 몸엔 수십 개의 작은 문이 뚫렸고 시도 때도 없이 문들이 벌컥 열리고 닫힐 때마다 차갑고 기다란 것이 들어와 내가 알 수 없는 무언가를 빼가거나 넣어놓고 갔다. 그 크고 작은 바늘들과 기계들과 액체들이 날 드나드는 동안 내 몸은 더 이상 내가 사는 곳이 아니었다. 공사장 인부들이 흙 묻은 신발을 신은 채 돌아다니는 공사판이었다. 벽지가 뜯겨 나가고 타일이 들어내어지고 물이 줄줄 샜다. 내 안에 나만 살던 기억이 흐릿해진다. 언젠가 다시 나와 몸, 단둘이 남게 되는 날이 올까? 내 방문을 걸어 잠그고 혼자 조용히 웅크릴 수 있을까.

조 셉 할 아 버 지 의 배 지

기계에 결박당한 채 누워서 보내는 병실의 하루에도 두 번 햇살이 비친다. 점심과 저녁을 배달하는 조셉 할아버지가 오기 때문이다. 그는 유일하게 의학적인 용무가 없는 방문인이다. 내 몸에 무언가를 꽂거나, 뽑거나, 찌르거나, 눈꺼풀을 들추지 않는 유일한 방문자. 내가 어떤 튜브도 몸에 연결하지 않고, 어떤 바늘도 꽂지 않은 채 까불까불 살아가던 시절이 있었음을 기억하게 해주는 실낱같은 접점이기도 했다.

　내 병에 대해선 눈곱만큼도 모르고 의학적 지식도 전혀 없는 누군가가 날 방문한다는 것은 엄청난 일이다. 그것도 먹을 것을 가지고! 조셉 할아버지는 암 병동의 햇살이었다. 모두가 그를 기다렸다. 음식을 먹을 수 없어 받을 수 있는 거라고는 단백질 주스뿐인 나 같은 환자들도 그가 덜컹덜컹 병원식이 든 수레를 밀며 다가오는 소리가 멀리서 들려오면 벌써 행복을 느꼈다. 밀밭에서 어린 왕자의 금발이 다가오는 것을 바라보는 여우처럼.

그는 병원에서 준 하얀 유니폼 위에 배지와 완장들을 주렁주렁 달고 다녔다. 대부분 내가 알 수 없는 배지들이었지만 낯익은 보이스카우트 배지를 발견했을 때 나는 기뻐서 손뼉을 쳤다. 거기에는 내가 마음을 맞댈 수 있는 또 하나의 접점이 있었다. 초등학교 5학년 걸스카우트 시절, 좋아하던 남자아이가 그 배지를 달고 있었다. 하지만 할아버지가 가장 자랑스러워하는 배지는 따로 있었다.

아주 자주, 나는 조셉 할아버지 앞에서 울었다. 응석을 받아주는 사람만 있으면 나는 운다. 병원에서는 울 일이 너무나 많다. 그날은 간호사가 혈관을 찾지 못해 손등에 바늘을 다섯 번이나 찔러야 했던 날이었다. 할아버지가 왔을 때 나는 피멍 든 손등으로 훌쩍훌쩍 울고 있었다. 그는 날 한동안 바라보더니 말없이 수레에서 단백질 주스를 꺼내서는 늠름하게 흔들며 말했다.

"나는 영국 공군 출신이야. 클로포드 대위였지. 너, 우리의 모토가 뭔 줄 알아? '역경을 헤치고 별을 향하여Per Ardua Ad Astra'야. 별을 향해 가려면 아주 높게 날아야 하거든. 힘들고 고통스럽지. 하지만 독수리는 그걸 견뎌. 너도 지금 고공비행을 하고 있는 거야. 별로 가기 위해서! 이 배지를 너에게 줄게. 그러니까 울지 마, 세라 상병. 눈물 닦고 힘차게 단백질 주스를 먹는 거야. 대위님이 특별히 초콜릿 맛으로 하사하지. 자, 빨대를 꽂아! 빨아들여!"

그는 모하비 사막의 별처럼 가득 박혀 반짝이는 배지들 속에서 독수리가 새겨진 파란 배지를 찾아내더니 내 가슴에 달아 주었다. 빛바랜 벽지 같은 환자복 위에서 영국 공군의 기개가 반짝인다.

공군의 배지를 달지 않더라도 입원을 하는 것은 비행기 여행과 아주 비슷하다. 예약을 해야 하고 짐을 챙겨야 하고 체크인을 해야 한다. 그리고 기꺼이 삶을 보류한다. 더 이상 '여기'도 아니고 아직은 '저기'도 아닌 그 중간의 진공관, 흔히들 '과정'이라고 말하는 것 속에 들어간다. 어쨌든 거길 통과해야만 '저기'에 닿을 수 있기 때문이다.

우리는 그곳에서 시간과 공간의 틈에 잠시 억류된다. 그래서 포로처럼 철저히 수동적 자세를 유지해야만 한다. 지시에 따라야 한다. 다른 이들이 물과 음식을 가져다 줄 때까지 기다려야 하고 함부로 자리를 이탈해서도 안 된다. 허락받지 않은 것은 할 수 없고 주지 않는 것은 가질 수 없다. 그리고 '만약의 경우', 모든 것을 남겨 두고 뛰어 내려야 한다. (비행기 추락이 명백해지면 승무원들은 비상 본부에 연락해 현재 탑승 중인 영혼의 수를 보고한다고 한다. 사람 수가 아니라 영혼의 수를. 벌써 '몸'은 셈에서 제외시키는 것이다.) 이번 비행은 비행시간이 길어진다. 먼 곳으로 가는 중인가 보다. 내가 알던 곳에서 아주 먼 곳으로.

미 스 미 라 클

"당신을 알아요."

　속삭임에 가까운 목소리에도 나는 눈을 뜬다. 목소리를 낸 사람은 한 수습 간호사다. 희미하게 웃으며 나는 그녀의 밑도 끝도 없는 인사에 답했다. 목선이 퍽이나 고운 그녀는 밤색 머리카락을 아무렇게나 둘둘 말아 올리고 있었다. 고등학교나 졸업했을까 싶게 앳된 얼굴에 너무 선해 보여서 내가 건드리다가 망가뜨릴까 봐 겁이 났다. 하지만 다시 태어난다면 저 얼굴을 갖게 해달라고 몰래 기도했다. 그녀는 날 오래 전부터 알고 있었다는 투였지만 나는 그녀를 처음 봤다.

"그 수술실에 있었어요. 닥터 폴이 당신을 수술하던 그날 밤에요. 내가 보조를 했죠. 닥터 폴 곁에서 모든 걸 지켜봤어요. 처음부터 끝까지요. 오, 하나님. 간을 횡경막에서 떼어낼 때 혈압이 바닥을 쳤어요. 거의 심장 박동기가 멈췄죠. 그렇게 많은 피가 쏟아지는 건 처음 봤어요. 닥터 폴이 신의 이름을 부르는 것도 처음 봤고요. 하지만 당신은 돌아왔어요. 그렇게 일곱 시간 동안 피 흘리며 용감하게 싸웠어요."

그녀는 전장의 참상이 다시 떠오르는 듯 눈꺼풀을 파르르 떨었다. 아직도 후회한다. 떼어낸 종양 덩어리를 보여달라고 하지 않았던 것을. 이 기괴한 욕망을 무어라 불러야 하나? 끔찍하고도 애틋한 '그것'을 내 눈으로 확인하고픈 묘한 집착을. 이럴 줄 알았다면 사진이라도 찍어놓아 달라고 수술 전에 부탁했을 텐데.

그 사슴 같은 간호사는 단호하게 말할 때조차 속삭이는 목소리를 냈다. 내가 아프다고 불평할 때마다 단호한 속삭임이 들려왔다.

"이보다 훨씬 나쁠 수도 있었어요. 알잖아요."

아마 이보다 훨씬 나쁜 케이스라는 건 아픔을 느낄 수 없는 곳으로 가는 걸 것이다. 그녀는 메리 포핀스처럼 검지손가락을 깔끔하게 치켜들고는 이렇게 속삭여 마무리

하는 걸 잊지 않았다.

"당신이 얼마나 럭키한지 잊으면 안 돼요."

그럼요. 그래서 이렇게 몸통을 가로질러 문신으로까지 새겼는걸요. 럭키의 엘ㄴ. 하지만 나는 종종 잊었다. 나의 기억력은 형편없었다. 아픔에조차 감사가 터져나오기는커녕 입에 담아본 적도 없는 욕설이 터져나오고 매 순간 살아있다는 환희보다는 피로가 밀려들 때마다 나는 죄책감을 느꼈다. 살아남은 자의 딜레마라는 것이 이런 것일까. 아우슈비츠나 전쟁, 추락사고 같은 재난에서 생존자들이 느끼는 마음의 짐을 희미하게나마 나도 느꼈다. 기껏 이런 기분에나 빠지려고 그 수술을 버텼나. 난 다시 삶을 받을 자격이 없었어, 이 염치없는 인간! 그러면서도 나는 다시 시간을 낭비하기 시작했고 다시 스스로를 가슴 아프게 하기 시작했다. 나도 모르게 다시 나의 넝마 속으로 걸어 들어갔다. 자기 연민에 대한 그리움으로.

수습 간호사의 보스이자 나의 담당 간호사였던 샴은 포탄처럼 검고 단단했다. 그 둘은 신이 같은 진흙으로 빚어 만들었다는 걸 믿을 수 없을 만큼 달랐다. 샴은 무엇도 뚫을 수 없을 것 같은, 요새 같은 여인이었다. 난 지금도 가끔씩 그녀에게 매달리고 싶다. 독실한 가톨릭 신자인 그녀는 내가 두려워 울 때마다 내 팔을 쓸어내리며 기도를 해주곤 했다. 그녀의 기도는 너무나 우렁차고 자신감에 가득 차 있어서 하나님에게 작업 지시 명령을 내리는 것처럼 들릴 지경이었다. 마치 신의 멱살을 잡고 흔드는 듯한 투로 샴은 박력 넘치게 기도를 했다. 그녀가 말하면 무엇이든 돌멩이처럼 그 자리에 가라앉았다. 내가 속이 울렁거린다고 우는 소리를 하면 그녀는 베개를 가져와 내 등 뒤에 받친 뒤 가슴을 쓸어주며 트럼펫 같은 목소리로 선언했다.

"이제 안 울렁거려. 다 나았어! 그만 징징대고 뭔가 좋은 걸 생각해 봐."

그러면 정말로 울렁거림이 멈췄다. 나는 언제부턴가 의사보다 샴을 더 의지하기 시작했다. 내게 필요한 건 그녀와 같은 강렬한 주술이었다. 마법과 누름돌 같은 마음이었다.

"샴, 기도를 했는데도 아프잖아요. 하나님이 이러셔도 되는 거예요? 직무 유기 아니에요?"

내가 징징대면 샴은 재빨리 성호를 긋고는 날 위해 변명을 했다.

"아버지, 이 자매를 용서하소서. 지금 자기가 무슨 소리 하는지 알지 못하나이다. 약 때문에 제정신이 아니에요."

나는 닥터 폴의 총아였다. 그의 용기로 대마왕의 손아귀에서 구해낸 니나. 날쌔고 용감한 폴이 여기 있다! (명작 애니메이션 〈이상한 나라의 폴〉을 모른다면 유감이다. 당신은 너무 늦게 태어났다.) 그는 나를 '나의 기적My Miracle'이라고 불렀다. 그 뒤로 의료진 사이에서 내 별명은 '미라클'이 되었다. '미스 미라클.' 닥터 폴은 날 회진하러 올 때면 언제나 한 무리의 견습 의사들을 이끌고 왔다. 자신이 일으킨 기적을 보여주려고.

난 연예인이 된 기분이라기보다는 새로 발굴된 유적지가 된 기분이었다. 투탕카멘의 잃어버린 어금니, 혹은 폼페이의 연회 테이블 같은. 견습의들은 하얀 비둘기 떼처럼 날 둘러싸고는 신기하다는 표정으로 구구댔다. '오오, 이것이 기적이 일어났다는 인간의 몸이로군요!' '생각보다 작네요.' '이 안에 그렇게 크고 무거운 것을 담고도 거의 50년을 살아남았다니 믿어지지 않아요.' '간의 거의 대부분을 떼어내고 6리터의 피를 쏟고도 살아남은 인간은 이렇게 생겼군요. 신기해라, 이렇게 평범해 보이는데.' '아직도 숨을 쉬나요? 으악! 방금 그녀가 '하이'라고 했어요!'

정말이다. 어느 아침, 손가락과 발가락을 꼼지락거릴

수 있을 정도로 유난히 컨디션이 좋았던 나는 나에게 경이의 눈길을 보내고 있는 견습의들을 향하여 손가락을 가볍게 들어 보이면서 인사를 했다. "하이!" 내 바로 곁에 서 있던 젊은 남자 인턴은 그야말로 펄쩍 뛰어올랐다. 그는 기적을 똑똑히 목도했다. 목도했을 뿐만 아니라 기적이 그에게 말까지 걸었다. '하이'라고.

내가 가진 종양은 발생할 확률이 희귀할 뿐만 아니라 크기도 역사에 기록될만한 것이었고('초거대 종양이라는 범주도 넘어서는 크기였기 때문에 공식적인 용어가 정립될 때까지 '몬스터 사이즈'라고 부르기로 한 것 같았다) 놀랍게도 그 몬스터 종양의 숙주가 생존했기 때문에 나의 케이스는 관심을 집중시켰다.

의료진들은 거의 흥분하는 것처럼 보였다. 그들은 '왜 그 큰 종양이 생겼을까'보다 '그 큰 종양을 가진 사람이 왜 아직 살아있을까'에 더욱 큰 관심을 보이는 듯했다. 그건 나도 마찬가지다. 처음엔 '왜? 왜 이런 게 생겼지? 왜 내가 죽게 된 걸까?' 하고 온몸으로 부르짖었지만 언제부턴가 '그런데 왜 내가 살아있지?'라고 묻게 된 것이다. 살아남은 김에 나는 거대한 실험을 시작하기로 했다. '살아있어 보기' 실험이었다. 몸속이 갈가리 찢긴 채로 살아있어 보기.

실험은 숨 쉬기부터 시작했다. 입에서 호흡기를 떼고 나서부터는 내가 숨을 쉬어야 했다. 숨 쉬기가 이토록 고난이도의 활동일 줄이야! 찌그러진 허파로 공기를 들이마실 때마다 상처 입은 횡경막과 간이 아팠다. 내쉴 때는 기침이 나오지 않게 살금살금 도둑처럼 공기를 내보내야 한다. 숨 쉬기가 조금 수월해지면 중급자 코스인 고개 돌리기로 넘어간다. 양쪽으로 고개를 돌릴 수 있게 된다면 꿈의 영역인 돌아눕기에 도전할 것이다.

실험은 자주 포기하고 싶을 만큼 날 헷갈리게 했다. 살아있다는 것의 공포와 아름다움이 번갈아가며 나를 덮쳤다. 두려워해야 하는지 황홀해야 하는지 알 수 없었다. 그래도 헨젤과 그레텔이 뿌려 놓은 빵가루처럼 기적은 드문드문 반짝거렸다. 그 빵가루만 따라가면 집에 갈 수 있을 것이다. 새가 먹어 치우지만 않는다면.

일주일 뒤 ICU를 '졸업'하고 회복 병동으로 옮겨지자 나의 인기는 갑자기 뚝 떨어졌다. 여전히 몸에 구멍이 뚫렸고 주렁주렁 병과 튜브가 달려 있지만 이제 인간답게 스스로 해야 하는 것들이 생겨났다. 어른스러움을 되찾아야 할 때가 온 것이다. 병동을 옮기던 날, 침대에 눕혀주고 이불을 매만져 주던 간호사가 이 사실을 분명히 했다. 그녀는 내 손에 호출 버튼을 쥐여주며 말했다.

"이젠 이걸 누른다고 해서 누군가가 바로 달려오진 않을 거예요. ICU에 있을 때처럼요. 우리는 당신만 돌보는 게 아니거든요. 꼭 필요할 때만 누르시고, 눌렀으면 기다리세요."

플라스틱 벨을 만지작거리며 나는 고분고분 고개를 끄덕였다. 나는 어른답게 기다릴 것이다. 그 간호사는 '철 좀 들어요, 일곱 밤 동안 안고 업고 키워줬으면 이제 걸을 때도 됐잖아요'라고 말하는 것 같았다. 그리고 그녀가 옳았다. 지금까지 난 너무 어리광을 부렸다. ICU에선 나만을 돌보는 전담 간호사가 두 명이나 있었고 그야말로 유모처럼 모든 것을 해주었다. 모두가 날 아기 취급하며 '허니', '달링', 혹은 '스위티'라고 불렀기 때문에 나는 있는 대로 응석받이가 되었다.

회복 병동에서 내가 호출 버튼을 누르는 이유 중 절반은 추워서였다. 나는 추웠다. 특히 밤이면 항상 너무나 추웠다. 간호사들은 내가 호출하면 알아서 담요를 들고 와 나를 '콜드 프로기'라고 불렀다. 미스 미라클이 추위 타는 개구리로 전락하는 순간이다. 병원은 날 따뜻하게 하기 위해 할 수 있는 모든 노력을 기울였다. 초콜릿 포장지 같은 은박 호일로 내 몸을 감싸고 발과 배 위에 핫

팩을 여섯 개 올리고 담요를 넉 장 덮어 주었다. 전장의 참호처럼 두텁게 감싸여 있는데도 나는 매일 밤 추워 이를 부딪쳤다. 겨울에 강에 있는 개구리처럼.

버튼을 누르는 이유의 나머지 절반은 물론 아파서다. 하지만 통증 수위가 6이 넘지 않을 땐 혼자서 라마즈 호흡법을 실시했다. 카피라이터 시절, 임산부 용품을 위한 자료조사를 하다가 우연히 배우게 됐는데 가슴으로 얕고 빠르게 숨을 쉬는 거였다. 힙 후후, 힙 후후. 고통을 줄일 수 있는 것이라면 무엇이든 해야 했다. 힙 후후. 두려움이 나를 금방이라도 찢고 나올 듯할 때 출산을 도와주는 호흡법은 의외로 꽤 도움이 되었다. 마치 내가 나를 낳는 것 같았다. 외로운 분만이었다. 산통은 한 달 동안 이어졌고 마침내 50살의 내가 태어났다.

계 속 살 아 가 도
된 다 는 표 식

얼마나 살아야 '충분히' 산 걸까?

　내가 처음으로 '이만하면 됐어, 삶은 이런 것이었구나. 그럼 안녕'이라고 생각한 것은 열여섯 살 때였다. 고등학교 1학년이었던 나는 진심으로 충분히 살았다고 느꼈다. 모든 것이 너무, 너무 충분했다. 너무 오래 살아봐서 아침들이, 밤들이, 얼굴들이 지긋지긋했다. 이미 모든 것을 알았고 미래니 꿈이니 하는 말들에 넘어갈 만큼 순진하지도 않은 스스로가 자랑스러웠다. 그때 나는 삶을 떠나는 대신 수면제와 립스틱을 샀다. 언제든 이 립스틱을 바르고 이 알약을 삼키리라. 나는 그것들을 기차표처럼 항상 주머니에 넣고 다녔다.

스물일곱 살에 한 번 더 '이젠 됐어' 하고 느꼈다. 1999년이었고 노스트라다무스가 예언한 인류 멸망을 눈앞에 두고 있었다. 스물일곱의 나는 삶을 떠나는 대신 '과거의 나'를 두고 인도로 떠났다.

내가 입원한 병동 바로 아래층에 소아암 병동이 있다. 호주는 21세까지 소아청소년으로 분류하기 때문에 그 병동에는 젊은 성인들도 많이 눈에 띈다. 그러다 보니 엄마와 아이가 함께 소아병동에 입원한 경우까지 있었다.

열여덟 살에 아이를 낳은 비키는 혈액암으로 입원했고 세 살 된 그녀의 아들도 같은 병을 앓고 있다. 비키는 어렸지만 정말 좋은 엄마였다. 처음 비키를 보았을 때 그녀는 병원 휴게실에서 발톱에 매니큐어를 칠하고 있었다. 볕이 잘 드는 창 쪽 바닥에 태연히 앉아 색색의 매니큐어 병들을 늘어놓고 공들여 발톱을 칠하고 있는 어린 여자의 모습, 어쩌다 암 병동에 잘못 날아든 티티새 같았다. 나는 홀린 듯 그녀에게 다가갔다. 큐빅을 박아서 반짝반짝 빛나는 손톱으로 그녀는 엄지발톱 위에 새빨간 하트를 그리고 있었다. 울컥 눈물이 맺힌다. 이런 소소하고 사치스러운 것, 아무렇지도 않게 예쁜 것들로부터 나는 아주 멀리 떨어져 지냈구나. 그리워하고 있었구나.

"너도 해줄까?"

티티새가 반짝 고개를 들고 물었을 때 나는 놀라서 들고 있던 주스를 쏟을 뻔했다.

"내가 예쁘게 칠해 줄게. 앉아."

입원 환자가 가진 것이라고는 시간뿐이라는 걸 그녀도 나도 알고 있었다. 하지만 버젓이 테이블과 의자가 있는 공공장소에서 바닥에 앉는다는 건 내게는 작은 모험에 가까웠다. '길 걸어 다니면서 먹지 마라, 바닥에 앉지 마라'는 내가 받은 공고한 가정교육이었으니까. 하지만 그 틀을 깨는 건 생각보다 간단했다. 나는 그저 햇살 가득한, 예쁘고 유치한 것들이 즐비한 바닥에 앉고 싶었다. 티티새와 함께. 앉아 보니 다른 세상에 온 것 같이 좋았다. 그녀는 자신의 발톱에 투명한 톱 코트를 바르며 지저귀듯 물었다.

"넌 무슨 암이야?"

"간암."

"좋겠다."

뭐라고? 나는 발끈해서 덧붙였다.

"4기야!"

그녀는 눈도 깜박 하지 않고 흐응, 하고 콧소리를 내더니 완벽하게 투명 코팅된 자신의 발톱 위에 후후 입 바람을 불었다. 애는 뭐가 이렇게 쉬울까? 뭐가 이토록 자연스러울까? 이런 말을 잡담하듯 해치울 수 있다니. 나는 그 신선함에 설레기까지 했다. 그녀의 그런 무심함, 가벼움이 나에게도 옮겨 왔다. 재잘재잘 이야기하고 있으니 암 병동에 입원한 게 아니라 무릎이 까져 양호실에 온 것 같았다.

"간암은 말이야, 진짜 쿨해. 수술할 수 있잖아. 칼로 똑 떼어낼 수 있어! 그게 얼마나 굉장한 건지 넌 모르지? 혈액암은 그게 안 돼. 엿 같은 항암만 골백번 받아야 돼. 그러고도 확실한 건 하나도 없지. 그냥 기도만 하는 수밖에. 아, 넌 정말 좋겠다."

그제야 그녀의 실버 블론드가 부자연스럽게 반짝인다는 걸 알아차렸다. 햇살 속에 앉아 있던 그녀를 그토록 눈부시게 했던 것도 어쩌면 그 머리카락의 광휘였는지 모른다. 완벽하게 세팅된, 풍성한 인조모가 그녀의 귀여운 얼굴을 감싸고 있었다. 그녀는 마치 내 마음을 읽는 듯 머리카락을 손가락에 돌돌 말며 말했다.

"예쁘지? 이거 색깔별로 다 샀어. 까만색도 있고 빨간색도 있어."

금세 그녀의 가벼움이 옮은 나도 여고생 때 하듯 대꾸했다.

"좋겠다, 담에 빨간색도 보여 줘."

"싫어. 그걸 쓰면 성냥 대가리 같다고 말콤 3세가 놀린단 말이야."

"말콤 3세?"

"내 아들."

재잘재잘 흘러가던 마음이 우뚝 멈춰 선다. 나는 그 말을 삼켜보려고 열심히 눈을 깜박였다.

"걔 할아버지 이름이 말콤이거든. 아빠는 말콤 2세고."

내가 이름을 이해하지 못해서 눈을 깜박이는 줄 알고 친절하게 설명한다. 나는 고개를 끄덕였지만 여전히 말을 잇지 못한다. 이 아이에게, 아이가 있다고 한다. 내 마음의 흐름이 멈춘 걸 눈치채고 그녀가 다시 퐁당 돌을 던진다.

"너 수술 언제야?"

"벌써 했어. 열흘 전에. 배를 갈랐어."

"죽인다! 보여줘, 보여줘."

친구가 발리에서 배꼽 밑에 나비 문신을 새기고 돌아오던 날, 나도 꼭 이렇게 법석을 떨며 옷을 들춰보라고 졸랐었지.

"안 돼. 여기선 못 보여줘. 사람들이 있잖아. 배꼽 아래부터 젖꼭지 위까지 쨌단 말이야."

"괜찮아. 내가 네 옷 속으로 요렇게 들여다볼게. 그럼 딴 사람들한텐 안 보여."

그녀는 기어이 내 턱 밑으로 얼굴을 박고는 헐렁한 환자복 틈새로 내 '문'이 열렸던 흔적을 보고야 말았다. 고개를 든 그녀의 얼굴은 비행접시의 착륙 흔적을 발견한 라엘교 신자처럼 흥분이 가득했다.

"진짜 끝내준다! 이런 건 처음 봐. 이건 상처가 아니야, 표식이야."

그녀의 알록달록한 손가락이 허공에 커다랗게 엘자를 그렸다.

"엘. 라이프의 엘. 살아가라는 표식."

말콤 3세는 분을 바른 마시멜로우 같았다. 항암으로 머리카락도, 눈썹도 없는 아이는 아주 작고 투명해서 꼴깍 삼킬 수도 있을 것 같았다. 그 얼굴이 웃으면 누구라도 심장이 녹아 가슴을 움켜쥐고 쓰러졌다.

"비키, 말콤 나 줘!"

"안 돼. 열세 살쯤 돼서 털 나고 징그러워지면 그때 너가져."

그 생각은 미처 못 했네, 취소. 말콤은 다섯 달만 지나면 네 살이 된다고 자랑스레 말했다. 나도 뭔가 자랑할거리가 없나 궁리하는데 비키가 불쑥 대신 나섰다.

"세라는 외계인에게 납치당했었어."

그녀에게 휠체어 미는 마이크 이야기를 해주는 게 아니었는데, 말콤이 키득키득 웃었다.

"거짓말."

이번엔 정의를 위해 내가 나서야 할 차례였다.

"정말이야. 이 병원에 외계인 팀이 있어. 의사들 모르게 착한 사람들만 골라서 외계로 빼돌리거든. 휠체어에 태워서 납치해서는 다른 별로 데려 갔다가 하루 반 만에 돌려보내줬어. 증거도 있단 말이야. 보여줘?"

나는 환자복을 살짝 들춰서 상처가 배꼽 위에서 엘자로 꺾이는 부분을 보여줬다.

"내 몸에 그 별의 표식을 새겨서 돌려보낸 거야. 보이지? 엘. 라이프의 엘. 더 살아도 된다는 뜻이야."

증거까지 제시하자 말콤은 놀라서 눈을 동그랗게 떴다.

한참 뒤, 장난감을 갖고 놀던 말콤이 내게 무언가를 건넸다. 알파벳 단어 카드였다.

"이거 줄게. 엘. 라이온의 엘."

황금 갈기의 수사자가 포효하는 그림이 대문자 엘과 함께 그려져 있다.

"넌 사자처럼 용감한 사람이라는 뜻이야."

라이프의 엘, 럭키의 엘, 러브의 엘, 나의 삶과 웃음과
행운과 사랑이 사자처럼 포효하는 밤이었다.

우 리 가 꿈 꾸 는 것

소아청소년과 휴게실에는 내가 좋아하는 간식거리(과일
맛 젤리, 초코볼, 포도 맛 환타 등)가 훨씬 많았다. 그래서 종종
비키에게 빌린 점박이 리본으로 머리를 높게 묶어 위장
하고는 아래층에서 어슬렁거리곤 했다. 노인들이 많은
위층과 다르게 그곳엔 고통마저 생기가 있었고, 또래 여
자아이들은 끼리끼리 뭉쳐서 수다를 떨었다. 열여덟, 열
아홉, 스무 살짜리들의 어여쁨이라니! 밀가루 포대 같은
환자복을 입고 수액 줄을 꽂고 있어도 그들의 젊음은 몸
의 모든 틈새를 비집고 나왔다. 빛처럼, 노래처럼. 여기
있는 열일곱 살들 중 '이제 충분해. 삶은 이만 됐어'라고

생각하는 아이가 있을까?

"웃기지 않아? 이젠 아무도 나한테 '너 커서 뭐가 되려고 그러니?'라고 안 해."

"살아만 있으면 우린 출세한 거니까."

"출세 정도야? 내 백혈구 수치가 올랐을 때 우리 엄마는 오빠가 하버드 합격했을 때보다 더 좋아했어!"

까르르 웃는 소리. 저런 이야기라면 나도 들은 적이 있다. 소아암 병동에선 절대 '넌 커서 뭐가 되고 싶니?'라고 물어선 안 된다는 말. 그 바보 같은 질문을 받은 아이는 당신을 빤히 보며 이렇게 대답할 것이다. '난 크고 싶어요.' 그건 꽃나무에게 '넌 꽃 피면 뭘 하고 싶니?'라고 묻는 것과 같다.

여기선 사람들이 꿈을 이야기할 때 마지막 말이 다르다. '나는 서른에 과장이 될 거야'라고 말하지 않고 '이번 면역요법이 성공하면 난 서른이 될 거야'라고 말한다. 우리는 종종 잊는다. 의미가 있기 때문에 살아가는 것이 아니라 살아가는 데 의미가 있다는 사실을. 우린 휴먼 두잉 Human doing이 아니라 휴먼 빙Human being이라는 것을. 시간을 써서 무언가를 이루는 게 아니라 시간 속에 있는 것이 다 이룬 상태라는 것을. 그걸로 된 거라는 걸, 우리는 자주 잊는다. 아이는 자라는 것, 다 자란 사람은 늙는 것. 이곳에서 우리가 꿈꾸는 출세란 그것뿐이다. 정말 그거면 된다.

"더 웃긴 건, 그렇다고 어른들이 '너 앞으로 얼마나 살려고 그러니?'라고도 안 한다는 거야."

더 큰 웃음소리가 들린다. 함께 배를 잡고 깔깔깔. 어떤 불운에 사로잡혀 있어도 까르르 웃고야 마는 저 불굴의 어림!

"너는 몇 살까지 살았으면 좋겠어?"

"서른세 살. 예수님이 서른셋에 돌아가셨잖아. 예수님만큼만 살면 돼. 내가 뭐라고."

"바보, 예수님은 부활하셨어."

"부활하면 더 좋고. 너는?"

"50살"

"꿈이 너무 큰 거 아냐?"

"그래도 50살까지 살면 정말 좋을 것 같아. 내가 뭐가 되어 있는지 그때쯤이면 알 수 있잖아. 일도 해보고, 여행도 해보고, 엄마 아빠가 다 늙은 것도 보고, 말콤이 어떤 어른이 되었는지도 볼 수 있고. 그럼 내 꿈은 다 이루어지는 거야."

그 말에 아이들이 벅차서 숨을 들이마시는 게 느껴졌다.

"50살! 와아, 그때까지 살면 정말 아무런 불만도 없을 것 같아. 더 뭘 바라? 태어나서 할 수 있는 건 다 해봤을 거 아냐."

그들의 꿈을 이룬, 대망의 50세 여자는 소아과 휴게실에서 훔친 코끼리 비스킷을 우물거리며 등을 돌리고 서 있었다. 저 재잘거리는 무리들 속에 비키도 있구나. 나는 뒤돌아보지 않았다. 내가 바로 그들이 바라는 꿈을 이룬, 50살 먹은 여자라는 말을 할 수 없었다. 아직도 내가 뭐가 되었는지 보이지 않는다는 말도, 정말 많은 것을 해봤지만 다 해봤다는 생각은 들지 않는다는 말도. 아직은, 전혀. 살수록 슬픔은 더 깊어지고 해볼수록 모르는 것이 더 많아져서 마음이 절룩거리며 걷게 된다는 말도 해줄 수 없었다. 그들이 50살의 정체를 알게 되는 걸 원치 않는다. 50은 그런 나이다. 난 나의 어림이 한탄스러웠고 나의 늙음이 어처구니없었다.

천천히 발을 끌며 다시 성인 병동으로 올라와 침대에 누워 생각했다. 50년의 시간이 내게 준 것들을. 비키 말대로라면 '태어나서 할 수 있는 것'을 다 해볼 수 있는 시간을 나는 이미 누렸다. 그 시간들 속에서 나는 무엇을 했나? '살아보았다'는 건 무슨 의미인가? 나는 태어나서 무엇이 되었나? 이것이 나의 완성형인가?

전엔 어리고 예쁜 여자가 지나가면 넋을 놓고 바라보았다. 찬탄과 부러움, 시샘을 가득 담아. 하지만 이젠 정갈하게 나이든 여인들이 지나가면 그 뒤를 강아지처럼 졸졸 따라가며 한참 바라본다. 그 세월이 부럽다. 80살이 되면 정말 좋을 것 같다. 내가 결국엔 뭐가 되어 있는지 그땐 정말 알게 되겠지.

사실 노년은 내가 십대 때부터 오매불망 기다리던 꽃 시절이다. 풀코스 디너의 디저트 같달까. 애늙은이였던 내 마음이 드디어 몸에 맞는 옷을 걸치게 될 시기. 이제야 맵시 나는 '나'를 걸치고 살아볼 수 있는 나이. 아주 어릴 때부터 나는 이방인이었고 언제나 이 세상이 낯설었다. 그때마다 스스로 달랬다. '나이가 좀 더 들면 괜찮아질 거야.' 기억이 닿는 한 단 한 번도 또래들 틈에서 편안함을 느껴본 적이 없다. 그런 나를 세상도 낯설어했기 때문에 50년간 우리는 서먹하게 지냈다. 엘리베이터에서 마주친 예의 바른 이웃처럼. 그래서 나는 기다렸다. 내가 내 맘에 꼭 맞는 나이가 되기를. 어서 몸이 나를 따라잡기를.

아직도 나는 오매불망 미래의 나를 기다린다. 그 할머니가 오기를 기다린다. 본 적도 없는 노년의 내가 못 견디게 그립다. 언젠가 만난다면 그 주름진 얼굴에 빰을 대고 그 야윈 손가락에 손가락을 얽고 많은 이야기를 할 것이다. 그 늙은 여인을 만나지 못하고 떠난다면 너무나 아플 것 같다. 마지막 10분을 놓친 영화처럼.

노년의 아름다움은 치명적이다. 아름다운 노인만큼 압도적인 것은 없다. 어린 얼굴은 결코 발산할 수 없는 빛을 그들은 뿜어낸다. 그들은 느긋하기 때문에 우아하다. 노인에게 남은 시간은 많지 않지만 쓸 수 있는 시간은 많다. 그래서 그들은 다시 꿈을 꾸고 다시 순수해진다. 다시 춤추고 노래하고 그림 그린다. 어린아이들이 과거가 길지 않아 순수하다면 나이든 이들은 미래가 길지 않아 순수하다. 계획하고 대비하고 증명할 것들이 없어서 순수하다. 인생에서 그런 시절을 갖는다는 건 대단한 럭셔리다.

50살 먹은 어린애가 하는 순진한 생각을 엿듣기라도 한 듯, 옆 병실의 멜리사 할머니가 기계로 가래를 뽑아내며 컥컥 기침 하는 소리가 들려왔다. 나는 기계 돌아가는 소리가 끝나기를 기다렸다가 그녀의 방으로 갔다. 할머니는 영혼이 쏙 빠져나가버린 표정으로 내게 손을 흔든다. 할머니의 백발에 비키가 준 물방울무늬 리본을 묶어드렸다. 거울로 보여드리자 마음에 드는지 아기처럼 방긋 웃었다. 21살에도, 50살에도, 83살에도 우린 너무 어리다는 걸 도대체 몇 살이 되어야 알 수 있단 말인가?

내 이름을 맞혀 봐

폐에 물이 찼다. 폐에, 물이 찰 수도 있었다. 사람은 옷에 물 한 방울 묻히지 않고 익사할 수 있었다. 해 질 무렵이었고 나는 저녁 진통제를 기다리며 누워 있었다. 어두워질 때쯤이면 언제나 통증이 더 심해지기 때문에 당시 암 병동에서 유행하던 '정신 나갈 정도로 단 사탕'을 빨면서 스스로 어르고 있었다. 그러다가 갑자기 숨이 쉬어지지 않았다. 사탕을 뱉고 다시 숨을 들이마셨지만 공기가 내 몸속으로 들어가지 않았다. 레슬링 선수가 내 기도에 버티어 서있는 것 같았다.

공포조차 얼어붙었다. 공포도 숨이 쉬어질 때나 느낄

수 있는 사치스런 감정이었다. 미친 듯이 호출 버튼을 찾았다. 젠장, 그게 하필 침대와 매트리스 틈새에 빠져 있다. 소리를 지르고 싶었지만 그것도 일단 숨을 들이마셔야 할 수 있는 일이었다. 이렇게 간단히 끝날 줄이야! 죽음이 얼굴을 너무 바짝 들이대고 있어서 어떻게 생겼는지 잘 보이지 않았다.

어떻게든 호출 버튼을 꺼내야 한다. 하지만 버튼이 떨어져 있는 쪽의 손엔 세 개의 주삿바늘이 꽂혀 있다. 생선처럼 배가 갈린 상태에서 몸을 뒤집어 반대쪽 손으로 버튼을 꺼낸다는 건 상상도 할 수 없는 일이었다. 결국 왼쪽 손등에 테이프로 고정한 바늘들을 잡초 뽑듯 뜯어내고 호출 버튼을 끄집어냈다. 피와 눈물이 한꺼번에 흘러내렸다. 버튼을 몇 번이나 눌렀는지는 기억나지 않는다. 빨간 버튼을 노려보다 정신을 잃었던 것만 기억한다.

눈을 떴을 땐 다시 응급실이었다. 이번엔 누가 내 침대를 밀어주었을까? 그도 마이크처럼 외계인 연합 멤버였을까? 내 폐에 왜 그렇게 갑작스레 물이 찼는지 몰라 의사들도 당황한 듯 보였다. 내게 일어나는 일들은 모두 의문투성이다. 폐를 기계에 연결하기 위해 몸에 또다시 구멍이 뚫렸다. 침수된 방에서 물을 퍼내듯, 내가 익사당하지 않도록 물을 빼내는 기계였다. 좌륵, 좌륵 소리를 내며 투명한 플라스틱 주머니에 물이 흘러 담기는 것을 멍하니 바라보았다. 왠지 그 물의 빛깔은 눈물과 닮아 있었다.

물이 빠지고 난 뒤 폐에서 숨 쉴 때마다 쉬익쉬익 소리가 났다. 하지만 나는 인생 최고의 시간을 보내고 있었다. 숨을 쉴 수 있는데 도대체 뭘 더 바란단 말인가! 들이쉴 때마다 감미로웠고 내쉴 때마다 황홀했다. 내가 어찌나 실없이 벙싯벙싯 웃었던지 주삿바늘을 꽂던 간호사가 걱정스러운 얼굴로 물었다.

"진정제를 좀 놔드릴까요?"

멀리 떨어진 침대에서 환자를 돌보고 있던 우리의 샘이 솔개가 다람쥐꼬리를 알아보듯 내 모습을 단번에 낚아채더니 돌진해 왔다.

"아이고머니나 세상에, 너! 왜 다시 왔어? 또 무슨 말썽을 부린 거야?"

나는 여전히 벙싯벙싯 웃으며 폐에 연결된 관을 가리켰다.

"폐에 물을 채웠어요. 재미로요."

그녀는 폐에서 빠져나온 물로 묵직해진 주머니를 바라보더니 숨을 내쉬고 천장을 보며 성호를 긋고 나를 내려다봤다.

"너는 신의 단골손님이구나. 주여, 이 자매에게 마일리지를 베푸소서. 당신을 자주 뵙나이다."

　이틀이 지나고서야 다시 일반 병실로 돌아올 수 있었다. 그리고 그 사이 말콤 3세가 떠났다는 말을 들었다. 내가 물에 빠져 허우적거리던 사이, 마시멜로우 같던 아이는 그 물 건너편으로 가버렸다. 털 나고 징그러워져 보기도 전에, 내게 사자의 심장을 주고서. 나는 더 이상 아래층 소아청소년 병동에 가지 않았다. 비키를 볼 수가 없었다. 모든 것이 너무나 말이 되지 않는다. 그리고 암 병동에선 '왜?'라고 물어선 안 된다. 이곳에서 죽음은 수수께끼가 아니다. 다만 시간 문제일 뿐이다.
　새 이름이 필요했다. 갈증이 날 때 물을 마시는 것처럼 나는 새 이름이 필요한 때를 목마름으로 알았다. 지금까지 불려왔던 방식으로 더 이상 불릴 수 없는 때가 오는 것이다. 내겐 그런 때가 자주 찾아왔다. 그래서 수천 번 이름을 바꾸어왔다. 다만, 그 이름들은 나 말고는 아무도 모른다. 이름은 내가 살아가는 영혼의 번지수이기 때문에, 나에게 접속하는 아이디와 비밀번호이기 때문에, 나는 새 이름의 자음과 모음을 들키지 않게 잘 숨겨 둔다.
　이 은밀한 음모의 암호들 중 일부를 누설하자면 비누,

돌고래, 유기견, 코르델리아, 꽝, 마르셀 프루스트, 흙, 8호, 알폰소, 햄릿, 첫눈, 바람돌이 등등이 있겠다. 그땐 그 이름이 아니고서는 날 부를 길이 없었다.

아주 어릴 때 잠깐 나는 내 이름이 구름인 줄 알았다. 주위 어른들이 날 보며 늘 구름 이야기를 했기 때문이다. '구름, 구름이야', '구름이 떠가네', '우리 아기, 구름 예쁘지?' 만약 우리가 맨 처음 마음을 뺏긴 존재의 이름으로 불리게 된다면 내 이름은 의심할 바 없이 구름이 되었을 것이다. 늘 구름을 바라보는 아기였기 때문에 어른들은 내가 바라보는 것의 이름을 불러 주었다. 하지만 구름은 내 이름이 아니었고 나는 아주 빠르게 구름보다 거울을 더 자주 보는 아이가 되었다. 거울 속 내 모습은 구름처럼 변했고 종잡을 수 없었다. 그리고 마음에 들지 않는 모양으로 굳어져 갔다.

드디어 나의 새 이름이 생각났다. 라이온. 말콤 3세가 준 선물이니까 이번엔 그도 함께 부르도록 허락한다. 특별히 그에게만. 라이온, 이름을 불러보았다. 라이온이 고개를 든다. 너는 살아있는 게 기쁘니? 라이온이 구름을 본다.

우 리 에 게 필 요 한 건
용 기 와 체 리 파 이 뿐

퇴원하기 이틀 전, 몸에 붙어 있던 마지막 튜브를 떼어내
자 닥터 폴은 내 손을 잡아주었다. 잔금을 모두 받고 나
서 집 열쇠를 넘기는 부동산 중개인처럼.

"자, 이제 다 당신 겁니다."

나는 그 말이 무엇을 뜻하는지 안다.

'그들은 다 나갔어요. 이제 밖에서 당신을 열 수 있는
문은 모두 사라졌습니다. 오로지 당신만이 열 수 있어요.'

눈물이 흘렀다. 처음 내 방을 갖던 아홉 살의 그날처럼
가슴이 뛰었다.

그는 내게 한 장짜리 팸플릿을 내밀었다.

나의 소원은, 나였다

"당신에게 도움이 될만한 곳이 있을 거예요. 회복기에 모임에 나가고 사람들을 만나는 건 큰 힘이 되니까 꼭 한두 군데 골라서 나가보세요."

팸플릿에는 스무 개 남짓 소모임들의 이름과 간단한 소개가 적혀 있다. 대부분 암 환자들이 자발적으로 만든 모임이다. 마약성 진통제를 끊기 위한 모임(그곳에서는 알약을 미세하게 5분의 1씩 쪼갤 수 있는 특수한 기구를 가입 선물로 준다), 머리에 스카프를 예쁘게 묶는 법을 교환하는 모임(꼭 암 환자가 아니어도 가입 가능하며, 티셔츠나 스웨터로도 멋진 터번을 만드는 법을 가르쳐준다), 기르던 반려동물을 맡아줄 이를 서로 알선해 주는 모임도 있었다(이 모임은 가입신청을 할 때 자신의 기대 여명을 솔직히 밝혀달라고 해서 날 슬프게 했다. '15살짜리 몰티즈 맡아 주실 분? 최소 2년 이상 남은 분으로 원합니다.').

눈으로 훑다가 괴상한 이름 앞에 멈췄다. '용기와 체리파이 클럽.' 용기와 체리파이라고? 체리파이를 먹으면서 용기를 내는 모임인가? 밑에 소개글이 보인다.

'말기 암 생존자들의 모임. 매일이 첫날이자 마지막 날인 사람들 모이시오. 우리끼리 할 이야기가 있을 것 같으니. 매월 마지막 수요일 밤 7시 30분.'

10월의 마지막 수요일, 나는 그곳에 있었다. 누가 봐도 '생존자'스러운 모습을 하고. 퇴원한 지 채 일주일도 되지 않았던 나는 여전히 누덕누덕 기운 채였다. 아니, 생존자라기보다는 조난자에 가까운 모습이었다. 주택가 골목길을 조금 헤매다 도착한 그곳에는 다섯 명이 모여 있었고, 따뜻한 달걀껍질 색 조명이 방을 밝히고 있었다. 90년대 카페처럼 화사하게 꾸며진 공간에 들어서며 살짝 놀랐다. 생존자들의 모임이라는 이름에서 나는 습관적으로 비장하고 어두컴컴한 지하동굴 같은 곳을 상상하고 있었나 보다. 천장에서 물이 한 방울씩 떨어지고 모르페우스 같은 동지가 기다리고 있는 그런 곳. 지구 멸망의 날이나 지나치게 영리해진 로봇들의 침공에서 살아남은 인간들은 꼭 그런 곳에서 모이지 않던가.

난 그날의 유일한 신참이었다. 사람들은 참을성 있게 내 소개를 기다렸다.

"여기선 면허증에 박힌 이름을 쓰지 않아도 돼요. 그냥 당신이 스스로 부르는 이름을 알려줘요. 우리끼린 서로 그렇게 부르고 있으니까."

아, 내 부족을 찾았구나! 나는 모공 속까지 안심했다. 그들은 나와 같은 부류였다. 여기저기 시간 속에 흩어져 있던 외톨이들. 그들이 달빛 아래 모여 있다. 나는 앉은 채로 몸을 작게 웅크리고 그 시절 내 이름을 밝혔다.

"안녕, 난 섬이에요. 간암 말기 진단을 받았고, 지금 살아있어요."

사람들은 딱 따뜻할 정도로만 박수쳤다. 찻물 같은 온도의 환영이었다.

'안녕, 섬! 그 모든 걸 축하해. 말기 간암도, 살아있는 것도.'

축하를 받자 바보 같은 나는 금세 의기양양해 떠벌리기 시작했다.

"지름 21센티미터, 무게 4킬로그램짜리 덩어리였어요. 제 갈비뼈 밑에 몇십 년 동안 웅크리고 있었죠. 의사들은 그걸 어떻게 불러야 할지 몰라서 몬스터 사이즈라고 불렀어요. 정말 입만 벌리면 언제라도 날 삼킬 수 있을 만큼 컸어요!"

"와우!"

비눗방울을 불듯 사람들이 조심조심 나지막한 탄성을 날렸다.

"그래서, 떼어냈어?"

나는 고개를 끄덕인다.

"와아우!"

사람들은 아까보다 훨씬 더 큰 비눗방울을 날렸다.

"집도의가 누군지 모르지만 정말 굉장한데? 몬스터랑 맞붙을 결심을 하다니."

나는 고개를 끄덕이며 말했다.

"용감한 사람이었어요."

"너도 용감한 사람이야!"

누군가 큰소리로 말했고 사람들이 박수를 쳤다. 나는 안절부절못했다. 난 아직 용기를 품을 만큼 단단하지 못한데. 지금 '나'의 틀은 세 살짜리가 종이와 딱풀로 지은 성처럼 허술하기 짝이 없는데. 그곳에 정열, 광기, 용기 같은 묵직한 것들을 걸어 둘 엄두가 나지 않는다는 걸 저들은 모르는구나. 그때 떨리고 가냘픈 목소리가 선전 포고를 하듯 울려 퍼졌다.

"우리에게 필요한 건 용기와 체리파이뿐!"

그러자 마치 신호를 기다렸다는 듯 누군가 쟁반 위에 체리파이를 담아들고 등장했고, 나는 깜짝 놀랐다. 내 예상이 맞았다니. 이 모임의 이름엔 어떤 은유도 없었다. 용기가 필요한 순간에, 혹은 용기를 발견한 순간에, 아니면 용기도 없는 주제에 모임에 끼어 든 신참을 맞이하는 순간에 체리파이를 먹는 모임이었다. "용기와 체리파이!", "용기와 체리파이!" 사람들은 파이를 하나씩 들고 건배하듯 외친 뒤, 첫 키스를 추억하는 듯한 얼굴로 눈을 감고 파이를 베어 물었다. 파이는 맛이 있었다. 뺨이 떨어져나갈 만큼 달았다. 이걸 먹고도 용기가 나지 않기란 아주 힘든 일일 것 같았다. 그래서 나도 고백할 용기를 냈다.

"그런데, 내가 생존자 클럽에 가입할 자격이 있는지 잘 모르겠어요. 아무도 내 생존을 장담하지 못하거든요. 아직은 그냥 수술에서 깨어났을 뿐이에요. 나는 삶의 어느 대륙에도 속해 있지 않아요. 죽어간다고 하기엔 이렇게 멀쩡하고, 살아있다고 하기엔 너무 허술해서…, 그래서 날 섬이라고 부르는 거예요. 삶과 죽음 사이에 떠 있는 섬. 아무래도 자격 미달인가요?"

나는 웃으려고 노력했고 성공했다.

"잘 왔어, 섬! 그리고 여기 생존을 보장받은 사람은 아무도 없어. 그냥 지금 생존하고 있으면 슈퍼스타인 거야."

"이 방 밖에 있는 사람들도 마찬가지야. 지난주에 내 주치의가 운전 중에 심장마비로 죽었어. 난 새 의사를 찾아야 해. 이번엔 나보다 좀 오래 살 사람으로 골라야 할 텐데!"

사람들이 웃음을 터뜨렸다.

"내가 처음 암 진단을 받았을 때 누구보다 열심히 기도해주고 항암치료를 위해 일주일에 한 번씩 병원에 태워다 주던 내 친구는 이혼하고 얼마 지나지 않아 자살했어.

그 친구 장례식이 열리던 날 추도문을 내가 읽었지."

또 다른 이가 신문 사회면을 읽듯 담담하게 말한다.

"암에서 살아남기는 쉽지. 삶에서 살아남기가 힘든 거야. 우린 삶에서 살아남으려고 서로 손을 잡으러 여기 오는 거고. 손을 잡고 함께 버티면 휩쓸리지 않을 수 있으니까. 정말 잘 왔어."

강에 사는 수달들이 밤에 물살에 휩쓸리지 않으려고 서로 손을 꼭 잡고 자는 비디오를 본 적이 있다. 이들은 수달처럼 함께 밤을 견디기 위해 모여 있었다. 나는 천천히 한 명씩 거기 있는 수달들을 바라보았다. 모두 깜짝 놀랄 만큼 아름다웠다. '말기 암 생존자'라는 말에서 떠오르곤 하던, 항암치료로 비니를 눌러 쓰고 퀭한 눈매로 애처롭게 웃는 모습은 어디에도 없었다. 그들은 살아남았다기보다는 살아 꽃 피고 있었다.

마 돈 나 ,

먼 지 ,

카 시 오 페 이 아

60대 초반으로 보이는 금발의 여인은 말기 혈액암을 이겨내고 그곳에 있었다. 우리는 그녀를 '마돈나'라고 불렀다. 미국에서 호주로 이민을 온 그녀는 미시간에서 진짜 마돈나와 함께 초등학교를 다녔다고 했다. 그리고 자신이 그녀보다 노래를 더 잘했다고 반드시 덧붙인다. "교내 콩쿠르가 열리면 항상 내가 1등, 마돈나가 2등이었어. 걔는 질투로 미칠 것처럼 날 바라봤지." 믿거나 말거나, 마돈나보다 노래를 잘했던 그녀는 평생 스스로의 아름다움과 재능을 위해 헌신했다. 남들이 알아주거나 말거나. 그녀의 자아도취는 재능에 가까워서, 그녀가 스스로를

대하는 태도나 이야기하는 방식을 보노라면 최면에 걸리듯 함께 그녀를 숭배하게 되고 만다. 영화 〈위대한 개츠비〉에나 나올 법한 반지들로 찬란하게 휘감은 손가락으로 공들여 세팅한 금발의 컬을 만지작거리며 그녀는 말하곤 했다.

"난, 사치품이야. 데코레이션이라고. 닦여서 전시될 뿐 쓰는 물건이 아니야. 쓸모없고 예쁘기 때문에 영원히 쓸모가 있어. 쓰지 않으니 낡지 않고, 그래서 오래될수록 가치가 오르는 거야. 그리고 사치품은 언제나 누군가 갖고 싶어 하거든."

우리는 고개를 끄덕였고, 모두가 진심이었다.

그날 모임 내내 한 마디도 하지 않은 채, 구석에서 껌을 씹고 있던 젊은 남자의 이름은 '먼지'였다. 난 처음에 그가 여자인 줄 알았다. 치렁치렁한 머리에 티끌 하나 없이 새하얀 피부, 가느다란 손가락 때문이다. 하지만 그가 몸을 일으키고 움직이는 모양을 찬찬히 살펴보면 우락부락하다고 표현할 만큼 남성적인 골격을 갖고 있었다. 다만 지나치게 말랐을 뿐이다. 게다가 드라큘라처럼 검은 코트로 온몸을 감싸고 코에 피어싱을 하고 있어서 80년대 록밴드 기타리스트 같았다. 그는 골수암 생존자다.

"골수암이야. 열 살이고. 됐지?"

다과 시간에 내가 쭈뼛거리며 다가가 눈인사를 건네자 그가 던진 첫 마디였다. 말을 '던진다'는 게 어떤 건지 이제 나는 안다. 말을 꺼내어 착착 접은 손수건처럼 건네는 게 아니라 수박씨를 뱉듯 발치에 팽개칠 수도 있었다. 나는 주섬주섬 그의 말을 주웠다. 난 그게 필요했으니까. '골수암. 10년째 생존 중.' 여기선 그게 학번 같은 거였다. 사회에서 누군가 처음 만나면 우선 직업과 학번을 교환해 관계의 씨줄과 날줄을 잡듯 여기선 무엇에서 살아남았는가, 그때부터 얼마나 오래 살아있는가로 서로를 파악했다. 그리고 그걸 밝히는 게 예의였다. 대신 본명, 직업, 나이같이 하찮은 것들은 아무도 궁금해 하지 않았다.

여기선 '생존 나이'로 서열이 정해진다. 알에서 깨어난 포켓몬처럼 다시 일어선 그 순간부터 다시 삶을 셈하는 것이다. 마돈나는 일곱 살, 먼지는 열 살. 그곳에서 나는 '몇 살이니?'라고 묻기에도 너무 어렸다. 난 두 달이 채 안 된 신생 인간이었다. 태어난 지 얼마 안 된 아기들에겐 개월 수를 묻는다. 살아난 지 얼마 안 된 성인에게도 사람들은 똑같은 질문을 한다. '어머나, 몇 개월이에요? 고개는 가누나요? 뒤집기는 하나요?' 난 대답한다. '한 달 좀 넘었어요. 고개는 가누는데 뒤집기는 아직 못 해요.' 나는 겨우 누운 채로 고개를 가누고 베개를 고쳐 벨 수 있게 된 참이다. 뒤집기는 아득한 꿈의 영역이다. 몸을 뒤집는다는 게 얼마나 큰일인지! 아기들이 그걸 해낼 때 어른들이 왜 그토록 법석을 떠는지 몸으로 체득하는 중이다. 그런 내게 열 살인 먼지는 그저 위대해 보일 뿐이었다. 그가 내게 말을 던지건 말건.

"그런데 왜 이름이 먼지야?"

"아름답잖아."

아, 먼지는 아름다운 거였지. 방에 비친 햇빛 기둥 속에서 은하수처럼 반짝이며 소용돌이치던 먼지의 춤을 나는 잊고 있었다. 세상을 얇은 베일처럼 감싸고 있는 먼지들의 포옹을, 그 섬세한 촉감을, 풀썩 날아오를 때까지 표면에 앉아 가만히 기다릴 줄 아는 먼지의 겸양을, 미안하게도 나는 잊고 있었다. 먼지도 마돈나만큼이나 아름다움에 헌신하는 존재였다. 마음이 끌려서 나도 모르게 그에게 카운슬러에게서 들었던 질문을 던지고 말았다.

"너에게 산다는 건 무슨 뜻이야? 왜 살아있다고 생각해?"

전혀 망설임 없는 대답이 다시 내 발치에 툭 떨어진다.

"죽는 게 귀찮아서."

"설마."

"여러 가지로 번거롭잖아, 죽는 거. 내게 살아가는 건 담배를 피우는 거랑 비슷해. 일단 피우기 시작했으면 어쩔 수 없어. 끊기 귀찮으니까 계속 피우는 거야. 됐지?"

카시오페이아, 그녀는 우리의 희망이자 아이콘이다. 93세의 유방암 생존자. 아니, 51세. 여기 나이로 쳐도 가장 연장자다.

"40살에 진단받고, 수술하고, 42살에 재발해서 양쪽 유방을 다 떼어냈어. 예후가 아주 나빴지. 병원에선 언제 죽을지 모른다는 말만 했어. 그러니까 그냥 하루하루 하고 싶은 걸 하라고. 나는 착한 환자니까 꼭 의사가 말한 대로 했어. 하루하루 하고 싶은 걸 하면서 살았지. 하루도 안 빼먹고 51년 동안이나! 그랬더니 내가 언제 죽을지 정말 아무도 모르게 됐어."

그녀는 그렇게 말하며 킬킬대는 걸 좋아했다. 그건 그녀가 가장 좋아하는 농담이었다. 용기와 체리파이 클럽을 처음 시작한 이도 카시오페이아였다. 단 한 번도 거르지 않고 매달 예닐곱 개의 체리파이를 구워 가져오는 이도 그녀였고.

"결혼을 늦게 해서 아이들이 아직 어렸어. 그땐 스물다섯이 넘으면 노처녀라고 법석을 떨던 시대였는데 서른넷에 결혼을 했으니 말이야. 정밀검사 결과가 나오던 날 다섯 살, 세 살 아들 둘을 맡길 데가 없어서 양손에 하나씩 잡고 데리고 갔어. 오른쪽 가슴에 4기 종양이 자라고 있고 당장 수술을 해야 한다는 말을 아이들과 함께 듣고 나오는데 큰아이가 물었지. '엄마, 4기 종양이 뭐야?' 난 아이의 눈을 보며 말했어. '엄마가 굉장히 용감해져야 한 다는 뜻이야.' 큰애는 고개를 끄덕였고 작은애가 말했지. '엄마, 나 배고파!'"

그녀는 아이들을 데리고 어머니 집으로 갔다. 그녀의 어머니는 세상에서 가장 맛있는 체리파이를 구울 줄 알 았다. 문을 여는 어머니의 얼굴을 본 순간 그녀는 허물어 지고 말았다. 아무 말도 하지 못하고 어머니를 끌어안고 아이처럼 엉엉 우는데 큰아들이 할머니에게 대신 설명 을 했다.

"오늘 엄마랑 병원에 갔는데 의사선생님이 엄마한테 굉장히 용감해져야 한다고 했어요."

어머니는 아무것도 묻지 않았다. 그저 묵묵히 파이 반 죽을 시작했다. 그때 어머니가 구워주신 체리파이는 어 떤 절망도 녹일 만큼 달았기 때문에 카시오페이아는 울 음을 그치고 파이를 먹었다.

"우리에게 필요한 건 용기와 체리파이뿐!"

그녀가 관절염으로 휜 검지손가락을 들어 올리며 클 럽의 구호를 외쳤다. "다들 울지 마. 용기와 체리파이만 있으면 뭐든 견딜 수 있어." 작고 고운 카시오페이아. 솜사탕처럼 새하얀 머리카락을 얹고 몸을 동그랗게 웅크리며 이야기하는 그녀는 스스로의 이름을 『모모』에 나오는 거북이 카시오페이아에서 가져왔다. 거북이 카시오페이아가 천천히 한 걸음씩 걸으며 전하는 메시지는 강렬하다. '시간은 무한하단다. 속지 마라, 서두르지 마라.' 악랄한 회색당 시간 도둑들도 큰 거북이의 느긋한 시간은 빼앗지 못한다. 그녀는 우리를 '아이들'이라고 불렀다.

"아이들아, 서두르지 마라. 인생은 아주 길단다. 하루하루 하고 싶은 걸 하면서 감사히 지내면 남은 시간은 너희들이 생각하는 것보다 훨씬 길어. 인생이 짧다는 말에 속아서 허둥지둥 살지 마. 그럼 순식간에 지나가 버리니까. 거북이처럼 천천히 살면 얼마를 살건 오래 살 수 있어."

바비 인형이 혁명적이었던 것은 어린 여자아이들에게 '미래'를 보여주었다는 점이다. 그 전까지의 인형들은 아이들보다 어린 것들뿐이었다. 눕히면 눈을 감는 아기, 젖병을 빠는 아기, 아니면 아기 곰, 토끼. 그러다가 짠, 바비가 등장했다. 돌봐주어야 하는 존재가 아니라 꿈꿀 수 있는 존재가. 우뚝 서서 '나처럼 돼 봐'라고 말하는 존재가. 나와 내 친구들은 바비 인형을 보며 미래를 시뮬레이션했다. 하이힐을 신고, 다이아몬드 버튼이 달린 드레스를 입고, 완벽한 테니스 웨어를 입고 테니스를 치고, 촛대가 놓인 식탁에서 밥을 먹고, 식스팩이 선명한 켄과 데이트를 하고, 의사가 되고, 미스 유니버스가 되었다.

그런데 다 큰 여자아이들을 위한 바비는 어디에 있지? 이미 바비보다 훨씬 나이를 먹어버린 여자아이들의 미래는 어디에 있지? 그녀들을 위해 나이든 바비는 왜 만들어주지 않는 거야? 은발이 눈부시고 캐시미어 망토 자락을 펄럭이며 근사한 독서 안경을 쓴 바비를, 갓 쉰이 된 여자아이들은 왜 갖지 못하는 거지? 신발장엔 플랫슈즈와 슬리퍼와 조깅화가 가득하고, 화려하고 화사한 카디건과 쉬폰 롱 스커트를 즐겨 입으며, 꿈처럼 편안한 트레이닝 점퍼들과 파자마들로 가득한 옷장을 갖고 있는, 크루즈 보트 위에서 열 살 어린 남자들과 염문을 뿌리며 일년에 세계를 두 바퀴씩 도는 노년의 바비가 있어야 하는 것 아냐? 무엇보다, 쉰이면 한창 인형을 좋아할 나이 아닌가! 바비의 옷을 갈아입히며 여자아이들이 해맑게 나이들 수 있도록 해달라.

카시오페이아는 나의 바비였다.

그녀를 보며 나는 꿈꿀 수 있다.

나는 커서 카시오페이아가 될 테야.

클럽에는 특이하게도 티베트 승려가 한 명 섞여 있었다.
오렌지색 가사를 칭칭 둘러 입은 그는 단번에 눈에 띄었
다. 이곳에서의 이름은 '구르는 돌', 나이는 3살, 폐암 말
기 생존자. 나는 막연히 그가 롤링스톤스의 팬일 거라고
생각했지만 알고 보니 그의 이름은 전혀 다른 뜻을 갖고
있었다.

"네 살 때부터 불교 사원에서 자랐어요. 계율이 굉장히
엄격한 사원이었기 때문에 세상에 술, 담배, 욕설 같은
게 있다는 것조차 몰랐지요."

그가 껄껄 웃었다. 그곳에선 남보다 더 가지려 하거나,

주어진 몫보다 더 먹으려 하거나, 다투거나, 성을 내거나, 집착을 보이는 것은 수치스러운 일이었다고 한다.

"나는 세상 사람들이 다 우리처럼 사는 줄 알았어요."

그의 삼촌이 그 사원의 꽤 높은 지위의 승려였다고 했다. 그래서 그는 더 겸손하고 양보해야 한다고 느끼며 자랐다. 구르는 돌이 스물세 살 무렵, 중국이 티베트를 점령했고 승려들은 체포되거나 사원에서 쫓겨났다. 그의 삼촌은 그때 그를 포함해 젊은 승려 세 명을 호주로 망명시켰다. 영국에서 종교 심리학을 공부한 인텔리였던 그의 삼촌은 호주 정부에 긴 편지를 써서 위기에 처한 '신의 아들들'의 망명을 받아들여 줄 것을 청원했다. 호주 정부는 젊은 승려들을 받아들였고 그들은 호주 티베탄 커뮤니티의 열렬한 환영을 받으며 존경받는 승려 생활을 이어갔다.

구르는 돌은 어릴 때부터 삼촌에게서 교육을 받아 영국식 악센트가 들어간 훌륭한 영어를 구사했으므로 호주 내에서 인기가 높았다. 전국에서 강연요청이 밀려들었고 그는 추종자들이 정성들여 염색해 준 선명한 오렌지색 가사를 늘어뜨리고 설법을 하러 다녔다. 그는 정말로 매력적인 사람이었다. 한마디로, 맵시가 있었다. 큰 키에 수려하게 마른 몸매가 겨울의 미루나무처럼 정갈

했다. 거기에 형형한 눈빛과 티베트인 특유의 신비롭게 웃는 주름이 그가 하는 모든 말들을 깊고 신비로운 것으로 만들었다.

사람을 겉모습으로 판단하지 말라고들 하지만, 처음 만난 이를 겉모습이 아니면 도대체 뭘로 판단한단 말인가! 이 핸섬한 구도자를 한 번 본 이들은 남녀를 불문하고 그와 사랑에 빠졌음에 틀림없다. 그는 하루에 강연을 두세 개씩 해야 하는 날들도 많았다고 한다. 그러던 어느 날, 설법 중에 자꾸만 숨이 가빠지는 걸 발견했다.

"언제부턴가, 마이크 앞에서 자꾸만 헐떡거렸어요. 사람들이 걱정하기 시작했죠. '라마, 왜 그렇게 숨을 가쁘게 쉬십니까? 너무 피곤하신 것 아닙니까?'"

그 뒤론 우리가 모두 아는 이야기였다. 병원 예약, 스캔, 의사 면담, 쾅! 그는 우리만 아는 그 표정을 하고 말했다.

"폐암이라고 했어요. 가망 없는 말기라고. 폐가 돌처럼 딱딱해졌다고. 의사가 말했죠. '그 폐로 잘도 세상을 굴러 여기까지 오셨군요.' 그 말이 유쾌해서 웃었어요. 그리고 그때부터 나를 구르는 돌이라고 부르기 시작했고요."

나는 동지애를 느꼈다. 진단받던 순간 웃은 사람이 여기 또 있어요! 한쪽은 술에 취해 있었다는 점이 조금 다

르긴 하지만. 나는 그에게 다가가 살그머니 가사자락을
당기며 말했다.

"나도요, 나도 웃었어요."

그는 흑경 같은 눈으로 나를 보았다.

"더 이상 갈 데가 없는 막다른 골목의 암이라고, 내가
아직 살아있다는 게 믿어지지 않는다고 의사가 말했을
때, 나도 웃었다고요, 동지!"

아하하하하, 구르는 돌은 바닥을 구를 듯 몸을 접고 웃
었다. 나도 웃었다. 한참을 웃다 몸을 일으킨 그는 날 향
해 두 팔을 활짝 벌렸다.

"이리 와요. 당신을 끌어안고 웃게."

우리는 서로를 껴안은 채 다시 웃었다. 그의 폐와 나
의 간이 흔들리도록. 우리가 가진 삶의 모든 시간을 흔들
며 웃었다. 나의 새로운 시절이 그 웃음 속에서 걸어 나
왔다.

"웃는 섬."

그가 내 눈을 들여다보며 말했다.

"섬이라는 이름을 들었을 때 무언가 부족하다고 느꼈
어요. 그런데 당신이 웃던 순간 그 섬이 꽉 차올랐죠. 당
신은 웃음이 반이에요. 당신은 웃어야 완성이 돼요. 이제
부턴 '웃는 섬'이라고 불러요."

진정 누군가 아름답다고 느끼는 것은 그 사람이 나를 아름답게 한다는 뜻이기도 하다. 그가 있음으로 해서 그 순간의 세상이 아름답게 느껴지고, 삶은 아름다운 것이란 사실을 깨닫게 되며, 그 세상 속에서 그 삶을 살아가고 있는 스스로가 견딜 수 없이 사랑스럽게 느껴지기 때문에 '아름답다'고 마음이 선언하는 것이다. 내가 아름다워지는 경험을 할 때 우리는 '정말 아름답군!' 하며 찬탄하게 되고 몸과 마음이 한 점으로 모이는 것을 느낀다. 아침 장미를 발견했을 때 접사로 아웃포커싱을 하는 카메라 렌즈처럼. 집중할 가치가 있는 것을 발견하면 우리의 감각은 본능적으로 주위의 것들을 흐릿하게 날려버리고 그것에 초점을 맞춘다. 이것이 아름다움의 힘이다.

아름다움을 포착하고, 음미하고, 그 아름다움을 누린 이로서의 아름다움을 갖고 살기를 원한다면 되도록 빨리 훈련을 시작하는 것이 좋다. 그것은 트리플 악셀 점프와 같다. 어릴 때 스케이팅 슈즈를 신을수록 좋다. 너무 자란 후에는 몸을 쓰는 방식이 트리플 악셀 점프와 멀어진다. 일상의 동작이 아니기 때문이다. 아름다움도 우리가 일상적으로 포착하는 가치가 아니다. 우리는 익숙한 것, 쉬운 것, 편안하고 남루한 것쪽으로 몸과 마음을 기울인다. 그래서 이 바닥에도 엘리트들이 생긴다. 걸음마를 배울 때부터 아름다움을 느끼도록 훈련받은 영혼들이 이따금씩 등장해 세상을 놀라게 하는 것이다. 구르는 돌처럼. 나는 이 아름다운 마음과 함께 아주 멀리 가보고 싶어졌다.

"티베트 말로 '바르도'라는 게 있어요. 죽은 뒤 다시 태어나기 전의 상태죠. 말하자면 환승역인데, 그곳에서 마음은 어디에도 정착하지 않고 한들한들 지내요. 그냥 떠돌면서 즐겨요. 산 자들과 죽은 자들 사이에 툭 던져진 섬 같다고 했죠? 거기가 바로 바르도예요. 그러니까 당신은 이제 바르도에서 지내는 법을 익혀야 해요."

구르는 돌은 그 형형한 눈으로 읽고 있었던 걸까? 나의 앙다물고, 움켜쥐고, 부릅뜨는 습관들을.

"바르도에서는 어떻게 지내야 하죠?"

"그냥 지금 하려는 그걸 하지 말아요. 다 툭 놓아버려요."

나이키가 '그냥 확 해버려Just Do It!' 하고 부르짖으며 수천만 켤레의 조깅화를 팔아 치우는 동안 세상의 다른 한편에서는 '그냥 확 놔버려Just Don't Do It!'를 수천 년 동안 외치며 확 해버리려는 우리를 주저앉히고 있었다. '그냥 확 하지 말아봐요, 아무것도 하지 말아요, 헐떡거리지 말아요. 제발 고요히 있어요.'

"여름휴가 차 잠시 머무는 곳에서 집과 가구를 사나요? 하다못해 스푼 하나도 사지 않잖아요. 다 잠시 빌려쓰고 돌아가죠. 그렇게 지내야 해요. 훨훨, 마음에 아무런 짐 없이. 이 클럽에 모인 사람들은 이제 그렇게 지내도 될 권리를 부여받았어요. 공식적으로. 특권층이죠."

그가 씨익 웃는 바람에 투명할 정도로 맑은 치아가 드러난다. 저런 치아로 웃을 수만 있다면 평생 커피를 끊어도 좋아. 이것 봐, 여전히 아무것도 놓지 못하고 있는 이 여자를 봐. 이런 순간에 치아 색에나 집착하고 있다니.

나는 이야기를
몸에 새기고
여행한다

신경내분비종양은 쉽게 전이가 되는 암이 아니다. 하지만 나의 종양은 몸속에서 너무 오래 살았다. 그러니까 말 그대로 우린 고향 친구처럼 어릴 때부터 함께 자랐다. 때문에 간의 나머지 부분에도 건포도를 흩뿌린 것처럼 점점이 퍼져 있었고 척추에도, 갈비뼈에도, 골반뼈에도 포자처럼 퍼져나가 싹을 틔웠다. 일단 터지기 직전의 큰 시한폭탄 덩어리를 제거하고 나자 닥터 커넬은 이제 '디테일'을 돌보자고 했다.

"더 이상 찢고 꿰매는 수술을 하지 않을 겁니다. 더 젠틀한 방법들이 많아요."

우선 경추 3번으로 전이된 암세포를 '처치'하기 위해 레이저 요법을 받기로 했다. 방사선 전문의 잭슨은 젊고 쾌활했다. 의사라기보다는 화장품 판촉사원 같았다. 스프레이로 흠잡을 데 없이 고정시킨 굽슬한 앞머리, 향기가 날 듯한 송아지 가죽 수제화. 스스로 매력적이라는 사실을 잘 알고 있는 사람만 지을 수 있는 미소를 지으며 그는 세 번에 걸쳐 치료를 진행할 거라고 설명했다.

"오늘은 우선 '틀'을 짤 거예요. 당신 몸의 석고 모형을 뜨는 거죠. 그리고 가슴에 타투도 새길 거고요."

타투라고? 눈썹 문신도 해본 적 없는 나는 움찔했다. 도대체 왜 암 치료에 타투가 필요한지 알 수 없었지만 어이없게도 살짝 설렜다. 나는 타투를 새긴 이가 될 것이다. 발리가 아닌 이곳에서. 그게 맘에 들어 멋대로 내가 원하는 타투 문양을 머릿속으로 검색하기 시작했다. 도마뱀? 돌고래? 피스 마크? 아니면 카르페 디엠을 흘림체로 새겨달라고 할까? 아니야, 바르도가 좋겠어. 바르 바르 바르도. 만트라처럼 그렇게 새기자. 그걸 보면 구르는 돌도 기뻐할 거야.

닥터 잭슨은 날 모래가 채워진 자루 같은 곳에 눕게 했다. 탄성 있는 모래가 내 몸의 윤곽을 따라 볼록볼록 꺼졌다. 그리고는 내게 꿈처럼 편안하게 느껴질 때까지 이

리저리 움직여보라고 했다.

"45분 정도, 미동도 하고 싶지 않을 만큼 편안한 자세를 찾으셔야 해요."

그것이 이 치료의 핵심이었다. 움직이지 않는 것. 빛이 치유가 필요한 지점을 충분히 비출 때까지 그 자리에 붙박여 있는 것. 꼼짝 말고 순순히 빛을 쬐는 것.

일주일 뒤, 내가 누워 있던 모래주머니의 본을 떠 만든 틀이 완성되었으니 치료받으러 오라는 연락이 왔다. 그 위에 눕자 웃음이 났다. 너무 꼭 맞아서 기묘했다. 매미처럼 내가 작년 여름 벗어 놓고는 잊어버린 허물 같았다.

방사선과 기사들은 의료계 종사자들을 통틀어 유머 감각이 최고다. 그들은 내가 꼼짝 없이 누워 있어야 하는 45분을 조금이라도 가볍게 만들기 위해 쉬지 않고 농담을 날렸다. 검사실에서는 70~80년대 히트 팝송들이 흘러나왔다. 〈호텔 캘리포니아〉, 〈스테어웨이 투 헤븐〉, 그리고 아바의 노래까지. 아마도 대다수 환자들의 연령대를 고려한 선곡인 듯하다. 헤이, 난 90년대 키드야. 엑스 세대라고. 보이 존이나 스파이스 걸스를 틀어줘. 이오 공감이나 전람회가 있으면 더 좋고.

그리고 그 타투. 실망스럽게도 그건 내가 상상했던 호랑이 문양이나 피스 마크 같은 것이 아니었다. 그것은 점이었다. 한 점. 아주 밝은 형광 분홍색의, 뭉툭한 색연필 끝으로 찍은 듯한 크기의 점. 그들은 정확한 위치에 방사선을 쪼이기 위해서 내 쇄골 아래 지워지지 않는 형광 물질로 그 점을 새겨 넣었다.

마오리족은 자신들의 고향과 위대한 여행의 기억을 몸에 새긴다. 그것이 타투의 원형이다. 타투는 원시적인 신분증이었다. 마오리들은 자신들을 설명하기 위해 지갑에서 무언가를 꺼내 보여줄 필요가 없다. 어느 부족인지, 누구의 아들인지, 어떤 모험을 해왔는지, 그들의 피부 위에 새겨져 있기 때문이다. 그 타투를 '모코moko'라고 부른다. 모코에 관해 연구했던 제임스 코우완은 이렇게 썼다. '타투를 새기고, 너 스스로와 친구가 돼라. 너와 너의 모코를 떼어놓을 수 있는 것은 죽음뿐이다. 모코는 마지막 순간까지 너를 이야기해주고 너의 친구가 될 것이다.' 나의 핑크색 모코를 바라본다. 고개를 조금만 숙이면 그 형광색 점이 보인다. 그것은 내가 어떤 일을 겪고서 여기에 있는지를 이야기하고 있다. 또렷하게, 뾰족하게.

수술 후 심리상담사보다 성형외과 의사를 더 자주 만난다고 하던 또래의 여자환자가 있었다. 나의 암 병동 동기였다.

"난 내 상처가 끔찍해요. 내 몸이 날 죽이려 했다는 증 거잖아요."

그 말을 듣고 나는 놀랐다. 상처는 내 몸이 날 죽이려 했던 증거가 아니라 내 몸이 날 살려냈다는 증거다. 난 그 커다랗게 자르고 꿰매어 붙인 표식이 마음에 꼭 든다. 내게 그것은 승리의 휘장이었다. 행여 흐릿해질세라 흉 터 크림조차 바르지 않고 애지중지 하는 그 상처는 내가 망설이고 눈치를 볼 때마다 내게 말한다.

"마음이 내키는 대로 해. 넌 이제 허락받을 필요가 없어!"

내 몸을 둘러보면 승리의 표식들로 찬란하다. 라이프 의 엘, 별을 향하여 가는 이들의 배지, 그리고 빛을 받는 점. 나는 내 이야기를 몸에 새기고 여행하고 있다. 나는 그것이 자랑스럽다.

쿠크다스

도살장 같았던 수술의 기억과 ICU에서의 고통이 날 너무 강하게 단련시킨 것일까? 레이저 치료는 마치 소풍 같았다. 너무 아무렇지 않아서 이렇게 무언가를 치료할 수 있다는 게 믿어지지 않았다. 무릎이 까졌을 때 바르는 빨간약도 눈물이 날 정도로 따끔거리는데. 가슴 통증, 어지럼증, 피로와 같은 미리 경고받은 부작용들도 전혀 없었다. 나는 득의양양해졌다. 자만심이 하늘을 찔렀다. 이럴 줄 알았어, 내가 누군데! 난 미스 미라클이야. 역시 내 몸은 천하무적이었어. 그러나 그 자만심은 한 달 뒤 시작된 항암치료로 처참히 무너졌다.

간 구석구석 퍼져 있는 작은 종양들의 치료는 핵의학과가 담당하기로 했다. 그들이 선택한 것은 루테이트 Lutate라는 표적 항암요법이었다. 말하자면 작은 핵폭탄을 액화시켜서 핏속에 흘려보내 암세포를 공격하는 것이다. 기존 항암요법과는 다르게 정상 세포는 거의 파괴하지 않고 종양만을 억제한다고 전문의는 설명했다. 물론 이론상으로는.

미스 미라클은 상상을 뛰어넘는 부작용으로 또 한 번 의료진을 충격에 빠뜨렸다. 투약을 채 마치기도 전에 구토감이 너무 심해 온몸이 덜덜 떨렸다. 최악의 뱃멀미가 24시간 계속되는 고통에 머리가 깨질 것처럼 아팠다. 하지만 열흘 뒤 머리카락이 빠지기 시작하자 울렁거림과 두통은 더 이상 신경 쓰이지 않을 만큼의 충격이 찾아왔다. 드라마에서만 봐왔던 그 장면이 내 욕실 거울 앞에서 펼쳐질 줄이야. 손가락 사이로 한 움큼씩 딸려 나오는 머리카락. 거울을 보며 또 피식 웃었다. 그 얼굴은 동정하는 것 같기도 하고 비웃는 것 같기도 했다.

알고 보니 나는 라푼젤처럼 나의 탑에 머문 채 세상 밖으로 머리카락을 늘어뜨려 살아가는 사람이었다. 그 머리카락을 타고 풍경들이, 마음들이 내 탑으로 올라와 나와 어울리며 내 삶이 되었다. 기억하는 한 내 머리카락은 언제나 치렁치렁 길었다. '그 왜, 머리 긴 애'로 사람들은 날 기억했다. 긴 머리카락은 나의 요새였고 나의 노래였다. 나는 머리카락에 깃들어 숨었다. 내 머리카락들은 내가 마음 둔 이에게 나부껴 가 닿을 만큼 언제나 충분히 길어야 했다. 머리카락이 빠지기 시작하자 나는 더듬이가 빠진 달팽이처럼 길을 잃었다.

핏속으로 흘러든 방사능은 내 입맛도 완전히 바꿔놓았다. 스스로 낯설게 느끼기에 이보다 더 확실한 방법이 있을까? 내 안에 딴사람이 들어와 사는 것 같았다. 좋아하던 모든 음식들이 입에 넣을 수 없는 이물질처럼 느껴졌다. 수박을 한 입 베어 물었다가 도로 뱉으며 느꼈던 충격이란! 여우가 도토리를 씹었을 때 느낄 법한 맛이 났다. 다람쥐가 원폭을 맞아 여우로 변해 버린 것이다.

과일, 주스, 만두, 수프, 샐러드, 우유, 심지어 커피까지 촉촉하고 물기 있는 음식은 모두 역겨웠다. 뭐든 입에 넣으려면 사막처럼 버썩 마르고 맛이 아주 강해야 했다. 폭력적일 만큼 달거나 짜거나 기름에 두세 번 튀겨서 원재료는 알아볼 수 없게 된 음식만 입에 맞았다. 그중에서도 뭘 먹을 수 있을지, 막상 입에 넣어 보지 않으면 알 수 없었기 때문에 배가 고플 때마다 이 낯선 생물체와 함께 먹이를 찾아 정처 없이 헤매는 수밖에 없었다. 슈퍼마

켓과 식료품점, 음식점과 카페들을 돌아다니면서 하나하나 메뉴를 점검했다. 어쩌다 삼킬 수 있는 음식을 찾아도 먹고 나면 울렁거려서 토해 버리기 일쑤였다. 시간이 갈수록 위산으로 잇몸이 헐고 눈 밑은 시커멓게 타들어 갔다.

그러다가 쿠크다스 앞에 멈춰 섰다. 아시아 식료품을 파는 슈퍼마켓을 어슬렁대던 중이었다. 쿠, 크, 다, 스. 동화책 제목처럼 적힌 얌전한 네 글자가 무시무시한 힘으로 날 빨아들였다. 정말 이상한 일이다. 한 번도 먹어 본 적 없는 과자였으니까. 그건 내가 좋아하는 스타일의 과자가 아니다. 생긴 것부터 너무 얌전했고 새침데기처럼 하나씩 포장되어 있는 것도 마음에 들지 않았다. 한 마디로 내 장르가 아니다. 그랬던 게 50년이 지난 이제 와서 이렇게 온몸으로 먹고 싶어지다니.

홀린 듯 한 박스를 집어 들고 계산대로 향했다. 앉을 곳을 찾을 때까지 기다릴 수가 없어서 계산을 마치자마자 박스를 뜯었다. 15개들이 한 박스를 슈퍼마켓 문 옆에 선 채 차곡차곡 먹었다. 정성껏 씹고 몸 안에 바르듯이 삼켰다. 무언가를 이토록 완벽하게 먹어본 적이 있었던가? 여우가 드디어 생간을 씹고 있다. 다 먹고 나서는 다시 가게로 들어가 세 상자를 더 샀다. 용기와 체리파이 클럽에 갖고 가야지. 카시오페이아도 틀림없이 좋아할 거야. 이렇게 맛있는 건 세상에 없어. 이제부터 나를 쿠크다스라고 부르자.

빌 린 시 간 ,
빌 린 눈 물

늘 해오던 대로 머리카락을 단단히 모아 하나로 묶었더니 횅한 두피가 그대로 드러났다. '속지 마, 어리석지 마, 아무것도 아니야' 주문을 마음속으로 세 번 외운다. 구르는 돌에게서 배운 바르도의 주문이다. 울지 않았으니 오늘은 운이 좋다. 머리카락을 느슨하게 다시 묶고 쿠크다스는 용기를 냈다. 항암치료가 시작된 후 두 달 동안 가지 못한 클럽에 다시 나가기로. 용기를 냈으니 체리파이 클럽에 가자. 그곳은 안전하니까. 거기선 아무도 날 부서뜨리지 않아. 쿠크다스라도 괜찮아.

　클럽의 문을 여니 언제나처럼 구르는 돌이 일치감치

와서 경을 외우고 있다. 그는 그것을 공기정화 의식이라고 불렀다. 모임을 시작하기 전에 그 장소를 맑은 에너지로 채우는 것이라고 했다. 나를 보자 그는 마음을 다해 빙긋 웃어주었다. 이런, 여긴 전혀 안전한 곳이 아니었어. 발을 들여 놓자마자 심장이 부서져버릴 줄이야. 눈물이 나오려는 걸 감추려고 고개를 푹 숙인 채 구르는 돌에게 다가갔다.

"웃는 섬! 왜 오늘은 웃지 않아요?"

나는 대답 대신 퉁명스럽게 쿠크다스 한 봉지를 내밀었다.

"이게 뭐예요?"

"내 명함이에요."

그가 하얀 포장지 위의 빨간 글씨를 들여다본다.

"쿠, 크, 다, 스라고 쓰여 있어요. 그게 내 새 이름이에요."

그는 의아한 얼굴로 물었다.

"쿠크다스? 그게 무슨 뜻이죠?"

"세상에서 제일 부서지기 쉬운 과자라는 뜻이에요."

그 순간 모든 것이 터져버렸다. 나는 가슴을 움켜쥐고 울었다. 용감해지기 위해 꾹꾹 담아 두었던 것들이 터진 솔기로 쏟아져 나왔다. 너무나 외롭고 아팠다.

"다… 부서질 것 같다는 뜻이에요. 이젠, 다, 부서져버렸으면 좋겠다는 뜻이에요."

더 견디고 싶지 않다는 뜻이었다. 더는 그 어떤 것도. 구르는 돌은 나를 안고 함께 울어주었다. 그의 폐와 나의 간이 흠씬 젖도록. 한참을 울고 나니 그와 함께 조그만 강을 하나 건넌 것 같았다.

"비밀을 하나 말해줄까요?"

구르는 돌이 가사를 말아쥔 내 손을 모아 잡더니 은밀한 목소리로 묻는다. 수술하던 날 휠체어를 밀던 마이크처럼. 혹시 그도 외계인인가? 왜 외계인들은 항상 날 노릴까?

"사실은, 당신은 그날, 수술대 위에서 죽었어요."

휘잉, 내 간이 있던 자리로 바람이 지나간다. 구멍 뚫린 비닐봉지가 된 것 같다.

"8월 27일 밤, 영영 깨어나지 못했어요. 28일 아침에 깨어났다고 생각하던 그 순간부터가 환상이에요. 바르도가 시작된 거죠."

갑자기 모든 것이 설명된다. 그 모든 혼란이, 갑작스런 어지럼증이, 비현실적으로 빠르던 회복과 미스 미라클이, 의학적으로 설명이 안 되는 부작용들이, 찢어진 연처럼 치솟다 가라앉던 그 모든 기분들이, 갑자기 다른 생물처럼 변해버린 입맛이. 내가 바르도에 들어간 거였어. 모든 것이 내 마음이 지어낸 환상이었어. 윙윙거리며 영사기가 돌아가고, 주술사가 손을 뗀 지푸라기 인형처럼 풀썩 나동그라질 것만 같다.

"몸을 빌리고, 시간을 빌리고, 공간을 빌려서 우리는 여기서 좀 더 놀다 가기로 했어요. 웃는 섬, 어리석게 굴지 말아요! 우리는 이 삶의 주인이 아니에요. 어림없는 소리! 우리가 주인이었다면 언제 올지, 언제 떠날지 우리가 결정할 수 있어야죠."

그는 어린아이에게 하듯 무릎을 굽혀 눈을 맞춘다. 그리고 내게 온 마음을 쏟기 위해 몸을 기울인다.

"지금 우리의 시간은 말이죠, 그저 잠시 즐기다 가라고, 가벼이 머물다 떠나라고 그냥 누군가가 인심 좋게 얹어준 쿠키 같은 거예요. 세상에서 제일 부서지기 쉽지만, 그래서 세상에서 제일 맛있는 것."

쿠키는 오로지 즐거움만을 위해 먹는다. 기분이 좋아지고 싶을 때, 위로가 필요할 때.

"우리에게 필요한 건 아무것도 원하지 않는 능력이에요. 지금은 힘을 낼 때가 아니에요. 마음을 흐물흐물 풀어줘야 해요. 삶에서 어떤 것도 이루려 하지 말아요, 바보 같이."

아무것도 원하지 않는 능력. 그것이 내게 필요한 초능력이었다. 지금 내가 가져야 하는 건 희망도 꿈도 용기도 아니었다. 그저 힘을 풀고 존재하는 기술만이 나를 구원할 것이다. 나는 그가 쏟아 놓은 바다 속에서 가만히 눈을 깜박이며 듣는다.

"이젠 비가 오면 빨래를 걷는 대신 나가서 춤을 추세요. 이곳에서 일어나는 일에 깊이 개입하거나 이곳에 짐을 풀고 정착하지 말아요. 어떠한 사건에도, 어떠한 감정에도. 그저 부드럽게 내 것이 아님을 알고 온화함을 연습하는 겁니다."

온화. 여행자의 에티튜드. 지금도 나는 플랫폼에 서있다. 삶과 죽음의 습자지 같은 경계 위에서 언제든 나를 실을 나룻배가 올 수 있다는 것을 알고 한들한들 기다리면서.

용기와 체리파이 클럽에는 불문율이 있다. 누군가 갑자기 모임을 빠지기 시작하면 굳이 궁금해 하거나 언급하지 않는 것. 그 불문율을 몰랐던 내가 어느 날 마돈나에게 물었던 적이 있다.

"요즘 먼지가 통 안 보이네요?"

마돈나는 잠시 카시오페이아와 눈빛을 교환한 뒤 심

상하게 손톱을 들여다보며 말한다.

"… 이사 갔나 보지."

카시오페이아 역시 천장을 비스듬히 바라보며 그녀의 말을 받았다.

"거기서 또 다른 클럽을 찾겠지 뭐, 배신자."

여기선 이사 갔다고 말하는구나. 먼지는 이사를 간 것이다.

구르는 돌이 인사도 없이 이사를 가버렸다. 5월의 어느 날에. 그의 이사 소식은 지역 신문에 난 조그만 공고를 보고 알았다. 그의 진짜 이름이 라마 린첸 도르제라는 것도. 그가 나와 동갑이었다는 것도. 나는 신문을 모아 쥐고 막 시작된 바르도의 아침을 응시했다. 흔적도 없이 사라져버리기 좋은 아침이었다. 천천히 낡아서 티베트의 기도 깃발처럼 펄럭이다가 흩어져버리기 좋은 날씨였다.

또 하나의 러브 스토리가 끝났고, 세상에 구르는 돌 모양의 구멍이 뚫렸다. 그가 노을 빛 가사를 늘어뜨리고 미루나무처럼 걷던 모양이 오려져 나갔다. 세상의 가장자리가 너덜거리는 것을 바라보며 나는 걸었다. 걸음을 옮길 때마다 내 어딘가의 솔기가 뜯어져 나가는 소리가 들렸다. 마음이 모래처럼 흘러내리는 것을, 나는 부여잡지

도 않고 그냥 걸었다. 바르도의 삶마저 그에겐 너무 무거
웠던 것일까. 마지막 남은 뼈까지 던져버리고 그는 깃털
처럼 한들한들 이사를 가버렸다. 배신자.

회 복 의   노 래

공연은 끝났다. 맨 먼저 의사들이 재빨리 악수를 하고선 사라져버렸고, 뒤이어 간호사들과 수련의들과 보조원들이 손을 흔들며 떠났다. 물통을 채워주고 밥을 날라다 주던 이들도 날 한 번씩 안아주고는 퇴장해 버렸다. 이젠 주연배우였던 내가 인사를 해야 한다. 그리고 커튼 뒤로 걸어 내려가 '살아야' 한다. 퇴원 수속을 하고, 들고 왔던 가방을 들고 병원 문을 나서던 순간을 기억한다. 살아남는 것이 한바탕 쇼였다면 살아가는 것은 현실이다.

내가 살던 익숙한 공간으로 돌아왔지만 이젠 삶의 골격을 완전히 바꿔야 했다. 살아오던 대로 한없이 게으름을 부리다가 허둥지둥 막차를 타듯 살 수 없었다. 살아남기 위해서 해야 할 것들이 생겼고 봄 여름 가을 겨울이 돌아오듯, 절기가 순환하듯 체계적이고 정연한 흐름이 생겼다. 36시간 동안 금식하고, PET 스캔을 하고, 피를 뽑고, 암 진행을 늦추는 주사를 맞고, 일주일을 기다리고, 닥터 커넬의 대기실에 앉아 기다리다가 이름이 불리면 들어가고 나오면서 다음 날짜를 받는다. 이렇게 계절이 한 바퀴를 돌고 나면 4주가 지난다. 이 무한반복의 궤도에서 나는 다시 일상을 일구고 살아가는 법을 몸에 붙여야 한다. 어제 일기에 나는 이렇게 썼다.

'이제 내 몸은 월세다. 매월 꼬박꼬박 치러야 할 것이 있고 깐깐한 주인에게 허가를 받아야 또 한 달을 그 안에서 지낼 수가 있다. 월세살이 몸으로 지내는 기분이 어때?'

병원에 있을 때는 일용할 양식으로써의 이야기를 쌓아 두기 위해서 일기를 썼는데, 퇴원하고 나자 일기는 생존을 위한 '일지'의 형태를 띠기 시작했다. 이젠 아무도 날 위해 대신해 주지 않는, 그날 하루 먹은 약의 복용시간과 복용량을 기록하고 식사시간과 양을 기록하고 취침과 기상시간을 기록해야 하기 때문이다. 그 일지는 가난한 주부의 가계부처럼 한숨으로 가득했다. 언제나 계획보다 지출이 더 많았다. 너무 많이 먹어버린 소화제, 저번 달보다 두 배나 삼켜버린 수면제, 벌써 바닥이 나버린 진통제.

암 환자는 수술 후 두 번 회복해야 한다고들 말한다. 상처로부터의 회복, 그리고 약으로부터의 회복. 의외로 약으로부터의 회복이 훨씬 더 힘들고 오래 걸린다. 상처로부터의 회복은 수동적인 회복, 그러니까 아픔을 참고 견디기만 하면 시간이 낫게 해주는 회복이기 때문에 쉽다. 아프지만, 쉽다. 나는 투덜거리기만 하면 된다. 내가 애쓰지 않아도 하루하루 견딜만해진다.

진통제와 소화제와 수면제로부터의 회복은 능동적인 회복이다. 시간이 도와주지 않는다. 내가 마음먹고 스스로 끊어야 한다. 술을 끊듯이, 마약을 끊듯이. 아니, 실제로 진통제와 수면제는 마약이다. 그래서 끊어야 하는 순간이 오면 공포스럽다. 나의 고통을 잊게 해주었던 그 고마운 약들이, 이제는 나의 고통이 된다. 겨우 5주 동안 약에 기댔던 것뿐인데 50년 동안 내가 진통제 없이, 수면제 없이 어떻게 살아내고 잠을 잤는지 도통 기억이 나질 않는다. 그냥 밥을 먹고 돌아다니고 스르륵 잠에 빠져드는 일이 초능력 같기만 하다.

초능력을 되찾아야만 한다. 나는 먼저 수면제를 반쪽

씩 쪼개기 시작했고 효과는 단번에 나타났다. 시계가 발명되기 전에 살았던 농부가 어떻게 시간을 읽었는지 이제 나는 안다. 뜬눈으로 날이 밝아오는 것을 자주 목격하다 보니 새벽의 색채와 소리로 시간을 읽을 수 있게 된 것이다. 새벽 2시에 우는 새 소리와 4시에 우는 새 소리, 동이 튼 뒤에 우는 새 소리는 헤비 록과 보사노바만큼이나 다르다. 해 뜰 녘 하늘 색 그라데이션도 다르다. 남색, 보라색, 녹색이 비건 샌드위치 같이 쌓여 있다면 아직 4시 전이다. 새벽이 무르익을수록 하늘은 육식주의자의 색을 띤다. 분홍, 오렌지, 노랑으로 육즙 가득한 맥도날드 햄버거의 색을 띠기 시작하면 밤이 저만치 물러간 것이다.

전쟁이 나면 군대는 원자폭탄을 터뜨리고 적의 기지를 부수고 총칼로 무찌른다. 하지만 그 마을에 다시 꽃이 피게 하고 우물에 물이 차게 하는 것은 그곳에서 계속 살아가야 하는 원주민의 일이다. 적은 사라졌을지 몰라도 거기서 그냥 살 수 있는 게 아니다. 집과 길과 밭을 다시 가꿔내지 못하면 거기 살던 이는 정든 마을을 떠나야 한다.

그렇게 수술과 항암이 끝났다. 회복해내는 것, 몸을 일으켜 세우는 것이 나의 일로 남았다. '강한 자가 살아남는 것이 아니라 살아남은 자가 강하다'는 찰스 다윈의 말은 바로 이런 뜻이었다. 의사들이 군대처럼 달려들어 병을 무찔렀다. 칼과 독극물과 원자폭탄을 모두 써서 싸웠다. 내 몸은 새카맣게 탄 전쟁의 폐허가 되었다. 익숙한 모든 것들이 부서졌다. 낫는다는 건 그 잿더미에서 내가 다시 일어설 수 있는가 없는가의 문제다. 그 마을을 다시 사람이 살아갈 수 있는 곳으로 만드는 노동은 오롯이 내가 해야만 한다. 하나씩 하나씩 다시 심고 싹이 틀 때까지 기다려야 한다. 회복은 노래처럼 내가 불러야 하는 것이다.

이 몸으로 계속 살아가기 위해서 나는 다른 방식으로 강해져야 한다. 좀 더 쉽고 지치지 않는 방식으로. 힘내지 않고 흐물흐물해지는 방식으로. 한 시인이 말했다. 모든 풀잎은 '자라라, 자라라' 하고 속삭이는 요정을 갖고 있다고. 내게도 요정이 있는 것만 같다. 심호흡하며 가만히 웃을 때마다, 따뜻한 수프를 삼킬 때마다 몸속 80조 개의 세포들이 '나아라, 나아라' 온 마음으로 속삭이는 소리가 들인다.

모든 불안과
혼돈을 축하합니다

나는 일상의 혼돈 속에서 지낸다는 게 어떤 것인지 아직 이해하지 못한다. 구르는 돌이 끊임없이 내게 혼돈과 오해가 얼마나 중요한지 이해시키려 애썼던 것을 기억한다.

"혼돈과 오해가 없인 이 세상이 돌아갈 수 없어요. 그것이 삼사라의 생리예요. 마구 어질러지고 아무도 정답을 알지 못하죠. 그런데 그게 완벽한 세상의 질서예요, 룰이죠. 당신은 그 안에서 납득할 만한 대답을 듣겠다고 버티고 있어요. 이해하려 들지 말아요. 제발 질서를 발견하고 설명하려는 노력을 멈춰요. 그건 당신을 갉아먹을 뿐이에요."

티베트 불교는 우리에게 모호함, 애매함, 불확실함과 싸우는 것을 멈추라고 목이 쉬도록 외친다. '이 애매한 시절만 지나가면', '이것만 확실해지면' 삶을 살겠노라고 미루는 것보다 어리석은 짓은 없다고. 왜냐하면 그 애매하고 불안한 순간이 바로 삶이기 때문이다.

"불안한 게 삶의 본질이에요. '살아간다'는 건 알 수 없고, 말도 안 되고, 애매모호한 것들 속에서 헤엄친다는 뜻이거든요. 아무 문제가 없다고 느끼는 순간도, 단지 무언가 잘못되어 있다는 걸 아직 모르고 있을 뿐이에요. 당신이 암 환자라는 걸 모른 채 49년간 태평하게 지내왔던 것처럼요. 하지만 그 반대도 기억해야 해요. 아무리 큰 문제 속에 있다고 느껴도, 단지 아무 문제가 없다는 걸 모르고 있기 때문이란 걸."

그랬다. 50년간, 문제가 없어서가 아니라 종양이 크고 있다는 걸 그저 몰랐기 때문에 영원히 살 것처럼 나를 펑펑 쓸 수 있었다. 언제 죽어도 이상하지 않을 만큼 갈 대로 간 시기에 종양을 발견한 것이 어쩌면 내게는 행운이었다. 만약 '운이 좋아서' 열세 살 때 종양을 발견했더라면 나는 지금의 내가 되었을까? 20대 때 '조기 발견' 했다면 그 모든 길을 떠났을까? 나는 평생 암 환자였다. 단지 그걸 몰랐기에 망아지처럼 50년간 뛰놀 수 있었다. 이것 봐, 억울해 할 것 없어. 넌 최고로 운 좋은 암 환자야. 암은 늘 네 안에 있었지. 소풍날 부르려고 팝송을 외우던 4학년 그 밤에도, 대입 시험을 치르러 덜덜 떨며 이화여대 교문을 들어서던 눈 오던 그날에도, 인도에서 부겐빌레아 화환을 쓰고 춤을 추던 그 순간에도, 그 덩어리는 너와 함께 춤을 췄어. 재미있지 않아? 50년의 그 행운이 믿어져?

나의 세상은 푸딩처럼 흔들린다. 아마 마지막 순간까지 그럴 것이다. 아마도 태어나던 순간부터 그랬을 것이다. 내가 몰랐을 뿐. 4주마다 돌아오는 정기검진으로 나의 시간은 다시 리셋된다. 어쩌면 4주면 충분할지도 모른다. 아름다운 것만 보고 바보 같은 짓들을 하다가 아무런 미련 없이 또다시 닥터 커넬의 방으로 들어가기에.

"삶은 출렁거리죠. 일렁이는 바다예요. 그 안에서 숨 쉬고 춤출 수 있는 아가미를 길러야 해요. 그럼 파도가 두렵지 않아요. 그 안에서 유유히 한 세상 '살다' 가려면 발이 땅에 닿지 않는 순간들이 자연스럽게 느껴져야 하죠. 훈련하세요. 어떤 것도 확실치 않은 불안 속에서 릴렉스하는 법을."

구르는 돌의 목소리가 아직도 남아서 날 가르친다.

약 없 는 처 방 전

암 환자는 '왜?'라고 물어서는 안 된다지만 나는 기어이 물어야 했고 이유를 알고 싶었다. 신경내분비종양이라고? 말도 안 된다. 신경계와 내분비계는 몸의 가장 깊숙하고 내밀한 시스템이다. 집으로 치자면 전기 배선이나 수도관 같은 것. 벽과 천장, 바닥의 콘크리트 밑에 숨어서 닌자처럼 움직이는 어떤 것이다. 그 안에 사는 사람이 쉽게 볼 수도 없고 알아차릴 수도 없을 뿐더러, TV처럼 화가 난다고 집어 던지거나 책상 다리처럼 한눈 팔다가 걸려 넘어질 수 있는 것도 아니다. 설령 원한다고 해도 마음대로 파괴할 수 있는 게 아니란 뜻이다. 그런데 내가 나에게 도대체 무슨 짓을 한 거지? 내가 삶을 가지고 뭘 했다는 거지? 신경계와 내분비계가 망가지도록?

겉으로 보면 난 스스로를 아주 잘 돌보고 있었다. 가히 모범 답안이라 할만했다. 몸과 마음의 안녕에 누구보다 관심이 있었다. 스물일곱 살 때부터 사람들에게 운동을 가르칠 만큼 움직이는 걸 좋아했고 술, 담배는 아예 시작도 하지 않았으며 게으름 피우지 않고 부지런히 더 나은 나를 찾아 다녔다. 요가를 수련했고 스승들을 모시고 고시 공부하듯 명상을 배웠으며 힐링의 비밀을 찾아 지구별을 구석구석 여행했다. 몸은 활기가 넘쳤고 마음은 밝았다. 내 별명은 '듀라셀 토끼'였다. 만나는 사람마다 나를 '환한 이'로 기억했다. 그런데 왜? 혹시 나에게 내가 모르는 정신적 문제가 있는 게 아닐까. 지금껏 잘도 숨겨왔지만 실은 쾌활한 우울증 환자일지도 몰라. 아니면 사교적인 사이코패스던가. 닥터 커넬은 가만히 고개를 저었다.

"말했잖아요. 당신이 뭘 잘못해서 종양이 생긴 게 아니에요. 이유를 찾고 싶은 마음은 이해해요. 하지만 내가 보기에 당신은 신체적으로든 정신적으로든 나보다 더 건강해요."

"그냥 평생 그런 척해온 것뿐이라면요? 나조차 감쪽같

이 속이느라고 신경계와 내분비계를 교란시켜서 암 덩어리로 굳어져 버린 거라면요?"

날 잠시 바라보던 닥터 커넬이 한숨을 내쉰다. 전문의 앞에서 근거도 없고 말도 안 되는 의학 이론을 늘어놓는 여자를 이성적으로 설득하기란 불가능하다고 판단한 것 같았다. 그리고 마지못해 정신과 상담을 예약해 주었다.

호주에는 정신과 전문의가 놀랄 만큼 부족해서 겨우 잡은 상담 예약이 두 번이나 미뤄졌고 한 달 뒤에야 러시아 출신의 전문의를 만날 수 있었다. 러시아 악센트가 너무 강해서 그가 하는 말의 절반도 알아 듣기 힘들었지만 그가 내린 결론은, 내가 '느낌이 너무 많다'는 것이었다. 너무 많은 것을 느끼기 때문에 생각이 너무 많고, 그래서 신경이 항상 긴장 상태에 있다는 거였다. 스트레스와는 미묘하게 다르다고 했다. 내 경우는 설령 좋은 느낌이라도 그게 너무 많이, 다양하게, 한꺼번에 들어오기 때문에 의식이 과부하에 걸리는 것이라고 한다. 단순히 부피와 용량의 문제라고. 반박의 여지가 없는 사실이다. 하지만 그게 내가 세상을 느끼는 방식이다. 그리고 다들 그렇게 사는 줄 알았다.

처음 책을 내던 무렵, 글이 너무 현란해서 속이 메슥거린다고 편집자가 말했을 때 나는 어리둥절했다. 그게 무슨 뜻이지? 가여운 편집자는 애원했다. '은유를 좀 줄이세요. 그리고 비유는 사물 하나에 한 가지만 하세요. 오감을 한꺼번에 다 한 문장에 담으면 아무도 이해하지 못해요. 그리고 제발 한 순간을 표현하는 데 세 페이지를 할애하지 말아주세요.'

하지만 어쩔 수가 없다. 나는 초겨울의 그림자가 바스락거리는 소리에서 볶은 양파 냄새를 느끼는 걸. 나의 삶은 늘 요란하고 현란했다. 자전거 바퀴가 아스팔트를 긁는 소리에서 요거트에 찍은 바게트의 맛을 느끼고, 누군가 나무문을 노크하면 스페인어를 듣고, 목요일이라는 말에서 낡은 청바지의 색을 본다. 느낌들은 이렇게 중첩되고 서로 뒤엉켜 내 안에서 끈끈하게 덩치를 불려 나간다. 이것이 '시네스테시아synesthesia', 공감각이라는 학명으로 불린다는 걸 마흔이 넘어서야 알았다.

구부정하게 키가 큰 러시아인 의사는 손바닥을 하늘로 들어 올렸다. '딱히 내가 해줄 수 있는 것은 없습니다'라는 뜻으로.

"명상을 해보세요. 책이나 영화를 너무 많이 보지 않는 게 좋아요. 운동을 많이 하고 난 뒤에 근육을 쉬어야 하듯 당신은 너무 많이 느끼기 때문에 마음을 좀 쉬게 해야 합니다. 그냥 가만히, 가만히 있어 보세요."

나의 소원은, 나였다

맙소사, 또 그 소리. 어딜 가든, 누굴 만나든 나는 같은 처방을 받는다. 그냥 가만히 있어라. 하지만 처방전만 내밀 뿐 약은 누구도 주지 않는다. 도돌이표의 덫에 걸린 것 같다. 그냥 가만히 있을 수 없었다. 나는 다른 의사를 찾기로 했다.

만 성 질 환 자 의
급 성 트 라 우 마

러시아 의사의 소견서를 읽은 닥터 커넬은 내게 정신과
의사보다는 질병 관련 트라우마를 전문으로 다루는 카
운슬러가 필요할 것 같다는 결론을 내렸다. 내과의들이
식도 전문의, 간 전문의, 대장 항문 전문의로 세분화되듯
인간의 트라우마도 부위별로 토막 내어 각각의 전문가
들이 돌보고 있었다. 재난 관련 트라우마, 교통사고 트라
우마, 인간관계 트라우마, 가정폭력 트라우마….

질병 관련 트라우마도 만성 질환으로 인한 긴 투병의
트라우마와 갑작스런 발병으로 인한 충격 트라우마가
다른 종류로 취급된다고 했다. 나 같은 경우는 이 분류

또한 애매했다. 종양 자체는 최소한 30년간 내 안에 있었으므로 몸은 30년간 암투병을 해온 셈이지만 그 사실이 '발각'되고 수술대에 올랐던 것은 너무나 갑작스런 교통사고에 가까웠다. '만성 질환자의 급성 트라우마' 카테고리라도 새로 만들어야 할 판이었다.

닥터 커넬은 신중하게 한 젊은 카운슬러를 추천했다. 행동심리학 박사 학위를 갖고 있으며 치명적인 질병 관련 트라우마를 주로 다루는 이라고 했다. 그를 만나기 위해서는 다시 2주를 기다려야 했다. 그때의 내게 2주 뒤라는 건 영원히 오지 않을 미래의 시간 같았다. 수술을 하고 난 뒤, 내 마음과 생각은 짧은 목줄에 매인 강아지처럼 하루 안에서 뱅뱅 맴돌았다. 시간의 단위가 도무지 앞으로 뻗어나가지 않았다.

인간이 가장 두려워하고 싫어하는 감정은 '불확실성'이라고 한다. 보험 사업이 이토록 번창할 수 있는 이유가 바로 이것이다. 레스토랑 좌석부터 노후 생활비까지 무엇이든 확실하게 눌러놓지 않으면 우리 마음은 안절부절못한다. 날 가장 힘들게 했던 것도 그 모호함이다. 나처럼 희귀한 케이스를 어떻게 다루어야 할지 아무도 확신을 갖지 못했다. 신경내분비종양이라는 자체가 희귀한 데다 ― 의학 사전에 신경내분비종양을 검색해 보면

194

195

'very rare tumor'라고 첫 줄에 명시되어 있다 — 서양에서는 동양보다 훨씬 희귀했다. 더군다나 21센티미터의 지름을 가진 초거대 종양을 지닌 채 아무런 자각 증상 없이 생존하고 있는 케이스 자체가 기절할 만큼 희귀했다.

의료진들은 상처받기 쉬운 얼굴을 한 외계 생물체를 다루듯 아주 조심스럽고 친절하게 나를 촬영하고 관찰했다. 모두 내 상태에 대한 언급을 극도로 자제하는 걸 느낄 수 있었다. 내게 헛된 희망을 주거나 불필요한 겁을 주지 않도록. 그래서 나는 종잡을 수가 없었다. 얼마나 두려워해야 하는지 알 수가 없다는 것은 두려움에 입체감을 더했다. 나는 스스로를 타일렀다. 더 안다고 해서 나아지는 건 없어. 더 흔한 병이라고 해서 더 쉽게 낫는 것도 아니고. 당뇨병 환자들이 별처럼 많고 논문들도 3초에 한 권씩 나오고 있지만 아직도 사람들은 당뇨로 고생하잖아. 알 수 없는 병이라고 해서 꼭 더 나쁜 건 아니야. 왜 이 종양이 생겼는지, 어떻게 치료해야 하는지 모르는 건 큰 문제가 아니야.

그랬다. 그건 큰 문제가 아니다. 내가 알아야 하는 건 어쩌면 단 한 가지다. 나는 닥터 커넬에게 물었다.

"난 앞으로 얼마나 살 수 있나요?"

그는 자신을 손가락으로 가리키며 되물었다.

"난 앞으로 얼마나 살 것 같아요?"

50년 동안 내 시간은 미래의 틀에 맞춰 재단됐다. '앞으로', '다음에'는 올드 델리 시장의 두루마리 옷감처럼 영원히 펼쳐져 있었다. 그래서 거창한 것들을 계획했고 큼직큼직한 약속들도 겁없이 할 수 있었다. 그런데 별안간 그 옷감이 싹둑 잘려나가 버렸다. 손바닥만 한 자투리 천으로는 셔츠나 드레스는커녕 모자 하나 만들 수 없다.

하기 전에 망설이고, 머뭇거리고, 만지작거리고, 꾸물대야 하는 나는 사는 데 시간이 아주 많이 필요한 사람이다. 그런데 시간이 잘게 토막 나버리자 아무것도 할 수가 없었다. 가까운 미래를 예상할 수 없다는 건 이런 거였다. 무언가를 하고 싶고 그걸 향해 가려 할 때마다 발밑의 시간이 뚝뚝 부러져 버리는 것. 허술한 시간을 딛고는 계획을 할 수도, 약속을 할 수도 없었다. 희귀병 환자로 살아간다는 건 결정장애 문제를 안고 살아간다는 뜻이다.

흔들림 없는 미래를 갖고 일상 속에 뿌리 내린 사람은 윤곽이 또렷하다. 지겨워하면서도 자기연민과 야심을 품고 또다시 꿋꿋하게 살아내는 이의 다부진 윤곽이 있다. 삶은 근육의 문제이기 때문에 눈에 확실하게 보인다. 그 근육으로 아무렇지도 않고, 틀에 박히고, 지리멸렬한

하루를 뚫고 나간다. 그렇게 택배 상자 같은 하루들을 차 곡차곡 쌓아가는 근육을 나는 잃어버렸다.

수술대 위에 오르기 전, 아무도 이런 부작용에 대해선 말해주지 않았다. 닥터 폴도, 닥터 커넬도. 계획하고, 희망을 품고, 기다리는 능력을 상실하게 될 거란 것을, 그렇게 내가 점점 희미해져 갈 거란 것을. 몸은 회복되고 있는데 나는 점점 더 흐릿해졌다.

살 지   않 으 면
죽 지   않 는 다

"사는 게 너무 낯설어요."

심리상담사 앞에 앉자마자 나는 울먹였다.

"내가 어떻게 될지 아무도 말해주지 않아요. 그래서 난 아무것도 알 수가 없어요. 얼마나 두려워해야 하는지, 얼마나 긴 여행을 떠날 수 있는지, 새로 책을 쓸 시간이 있는지, 알 길이 없어요. 내가 토막토막 끊어져 버렸어요."

나는 의자 위로 웅크려 무릎을 끌어안았다. 그리고 얼굴이 녹아버리도록 울었다. 심장이 피 대신 눈물을 뿜어내는 것 같았다.

그는 내 등을 토닥이지도, 티슈를 내밀지도 않았다. 그냥 내 울음 옆에서 고개를 끄덕이며 앉아 있었다. 그렇게 길게, 누군가의 앞에서 온 힘을 다해 울어 보는 것은 신선한 경험이었다. '왜 울어?', '울지 마', '괜찮아' 없이 누군가가 내 울음을 목격하고 있다. 처음부터 끝까지. 내 울음에 충분한 이유와 의미가 있다는 듯 방해하지 않고 바라본다. 그의 앞에선 나의 절망이 존중받고 있다. 나의 혼란이 제대로 대접받고 있다. 그래서 눈물을 닦고 아직 누구에게도 하지 못한 말을 하기로 했다.

"두려워요."

나는 텅 빈 눈으로 몸을 떨며 그를 보았다.

"아주 좋아요."

깁스를 푼 환자가 걸음을 떼는 것을 본 물리치료사처럼 그가 말했다.

"당신은 지금 두려워해야 해요. 두려워할 충분한 권리가 있어요. 죽을 만큼 두려워야 정상입니다. 죽을 만큼 아팠잖아요. 만약 지금 두렵지 않다면 그때야말로 진짜 제 도움이 필요하겠죠."

두려워하는 것은 인간의 조건이다. 두려워해야만 인간이다. 애초에 두려움 없는 인간이란 타지 않는 불처럼 존재하지 않는다. 그러니 마음 놓고 두려워하라.

"그래서요?"

두려움을 허락해 준 그가 물었을 때 나는 뭘 묻는 건지 몰라 멍하니 바라보았다.

"당신은 지금 살아가는 게 낯설고 두려워요. 그래서요? 그 다음 이야기는 뭐죠?"

살살 실타래를 풀듯 그가 부드럽게 질문을 풀었다. 나는 생각했다. 낯설고 두려운 나는 무엇을 하고 싶어 하는가? 그래서 이제 어쩌려는가? 답은 금방 떠올랐다.

"살고 싶어요."

"흠, 그렇군요."

그가 의외의 대답을 들었다는 듯한 표정을 지었다. 그리고 '살고 싶어지는 증상'에 대해서 좀 더 자세히 듣기 위해 내 쪽으로 몸을 기울이더니 바짓단을 재는 양복점 주인처럼 물었다.

"'길게' 살기를 원하는 겁니까, '더' 살기를 원하는 겁니까?"

마치 고객의 취향에 맞춰 사는 방식을 정해 줄 수 있다는 투다. 나는 그 질문도 잘 삼킬 수가 없었다.

"모르겠어요."

"그럼 이렇게 생각해 보죠. 당신에게 죽는다는 건 뭘 못하게 된다는 뜻이죠?"

"…"

"살고 싶다는 건 구체적으로 뭘 하고 싶다는 뜻인가요?"

종이와 연필이 필요하다. 이런 질문들은 말로 답할 수 있는 게 아니다. 글로 써야 한다. 말로 한다는 건 거울 없이 화장하는 것과 같다. 글로 써야 내 마음에서 나온 것들을 보면서 다듬고 완성할 수가 있다. 그의 목소리가 다시 들린다.

"우리는 살아가고 있다고 생각하지만 실은 죽어가고 있는 거예요. 그 둘은 같은 말이죠. 당신도, 나도 죽어가기 때문에 살아갈 수 있는 거예요."

내가 왜 죽을 병에 걸렸느냐고? 살았기 때문이다. 죽음을 부르는 유일한 병은 삶이다. 살지 않으면 죽지 않는다. 이미 그 병이 깊었으니 나는 '더' 사는 것을 택했다. 얼마나 오래 사는지는 처음부터 내가 결정할 수 있는 게 아니다. 내가 할 수 있는 건 '더 살아있는 것'뿐이다. 상파울루에 있는 호스피스 병원 입구에 이런 문구가 걸려 있다고 한다. '우리가 인생에 더 많은 날들을 줄 수는 없지만 매일 맞이하는 날들에 더 많은 일생을 줄 수는 있다.'

젊은 날, 그 깊이가 두려워 끝까지 가보지 못한 길들이 사무쳤다. 너무 사랑할까 봐, 너무 빠져들까 봐, 그저 내가 너무 멀리 갈까 봐 나는 너무 많은 것들을 그만두었다. 더 깊은 상처를 지니지 못한 게 창피했다. 더 큰 울음을 울어보지 못한 것이, 날 파괴할 만큼 미친 사랑이 왔을 때 제대로 휘둘리지 못하고 도망친 것이 한심했다. 더 멀리 갔어야 했다, 끝까지 갔어야 했다. 마지막 굿을 하는 샤먼처럼.

이제 나는 별로 좋아하지도 않는 사람과 습관적으로 만날 약속을 잡으려 하거나 그다지 즐겁지 않은 자리에 예의상 머무르려 할 때마다 가슴에게 묻는다. '헤이, 이걸 하려고 그렇게 살고 싶었어?' 내 안의 내가 고개를 저으면 미련 없이 그 자리를 떠난다. 더 햇살이 좋고 더 맛있는 케이크가 있는 곳으로.

지금껏 내 안의 나에게 너무 많은 빚을 졌다. 그가 싫다는 것, 무섭다는 것, 내키지 않는다는 것들을 너무 많이 했다. 아주 자주, 아침에 세수하기 전 내 눈을 곰곰이 들여다보면 내 안의 내가 울상 짓는 것이 보였다. '오늘은 정말 그걸 하고 싶지 않아.' '그 자리엔 나가지 말자. 난 그 사람이 왠지 무서워.' 나는 모른 척했다. 어른의 삶이란 이런 거야. 다들 이렇게 살아. 견뎌내는 거야. 싫다는 그의 멱살을 잡고서 숙제처럼 삶을 해치워 버렸다. 그 모든 순간에 세상은 이렇게 상냥하게 축제로 빛나고 있었는데.

눈덩이처럼 불어난 그 빚을 조금씩 갚아야 할 때가 왔다. 쌓인 상처만큼 차곡차곡 기쁨을 쌓아야 내 안의 내가 다시 미소 지을 것이다. 나와 다시 어깨동무해 줄 것이다. 욕심과 조바심이 심장을 두드릴 때마다 스스로를 타이른다. 넌 이제 매일 소풍처럼 지내야 돼.

죽었다가 살아난 사람은, 죽을 고비를 넘기고 돌아온 사람은 어떻게 살아야 하나? 처음에는 막막했다. 하지만 누군가 묻는다면 암은 앎이라고, 암은 기다림이라고 대답하겠다. 삶이 얼마나 불안정한 것인지 알고 즐거이 기다리는 것이라고.

이젠 내가 정말로 뭘 좋아하는지 안다. 누굴 진정으로 사랑하는지 안다. 어딜 가고 싶은지 안다. 미래의 눈치를 보지 않게 되자 나는 비로소 또렷하게 삶의 얼굴을 바라볼 수 있다. 내 영혼의 욕구가 선명하게 보인다. 무엇을 해내야 하고, 무엇을 하지 않은 채 남겨 두어야 하는지도. 무슨 일을 하고 있건 잠깐 멈추고 생각해 보는 것이다. '내가 이걸 더 이상 못 하게 될까 봐 죽는 게 두려운가?' 그렇다면 그 일에 맘껏 빠져들고, 아니라면 죽으면 하지 않아도 될 일이니 죽을 때까지 미뤄 둔다.

나는 세상을 목격했고 부질없는 것들 속에서 열정을 탕진해 보았으며 어리석기 짝이 없는 사랑놀음에 소중하기 짝이 없는 것을 잃어 보았다. 그리고 어른이 되지 않기로 결심했다. 50년의 심사숙고 끝에 내린 결론이다. 그 모든 것을 해보았기에 마침내 안심하고 어려질 수가 있다. 어리다는 것이 더 이상 날 다치게 하지 않는 방식으로. 난 어린 시절에도 이토록 어렸던 적이 없다. 수술대 위에서 나의 쥐꼬리만 한 어른스러움도 함께 잘려 나간 것 같다. 이젠 나의 별것 없음이 마음에 든다. 나의 이기심이 마음에 들고 멍청한 눈빛이 마음 놓인다. 이걸로 아름답고, 충분하다. 충분히 모자라고, 충분히 어리석고, 충분히 눈물겨워 아름다운 순간들을 나는 깊이 빨아들인다.

이렇게 질풍노도의 50대가 막 시작되었다. 세상에서 가장 생일파티를 많이 한 꼬맹이는 오늘도 환한 세상 속으로 뛰어나간다.

모 든 여 행 의 종 착 역 은
결 국 몸 이 었 다

고대 이집트인들에 따르면 우리가 죽어서 지하 세계로
들어갈 때 입구에 저울이 하나 놓여 있다고 한다. 두 개
의 접시 중 한쪽에는 깃털이 올려져 있고, 반대편 접시에
는 우리의 심장을 올려놓아야 한다. 만약 심장이 깃털보
다 무거우면 저울 밑에서 입을 벌리고 있던 괴물이 그 심
장을 먹어 치운다. 그가 착한 사람이었는지 나쁜 사람이
었는지는 중요하지 않다. 사랑이건, 미움이건 그가 사는
동안 저질렀던 모든 행위의 느낌들, 그가 심장에 품고 다
녔던 마음의 무게만이 중요하다.

　인생을 잘 살아 온 이의 마음 무게는 깃털보다 가벼워

야 하며 그 시험을 통과한 이는 다음 세상을 여행할 자격
이 주어진다. 그래도 그렇지, 깃털과 경쟁해야 하다니!
깃털보다 가벼운 심장으로 살아가지 않으면 끝내 벌을
받게 된다는 이야기가 나는 무서웠다. 심장에 열등감과
질투가 가득한 나 같은 사람은 어쩌란 말인가. 하지만 암
병동에서 심장을 가볍게 하기는 정말 쉬웠다. 그곳에선
존재하는 것 말고는 어떤 것도, 하나도 중요하지 않았다.

오로지 '살아있음'에 집중하며 보낸 한 시절은 내 영혼
에 강렬한 흔적을 남겼다. 어떠한 책임도, 할 일도, 의무
도 없었다. 칭찬을 받고 싶으면 알약을 삼키기만 하면 됐
다. 물과 함께 한 번에 매끄럽게 삼키는 순간 찬사가 쏟
아졌다. "어메이징, 정말 훌륭해요, 아주 잘했어요, 어쩜
저렇게 약을 잘 먹지?" 아니, 약을 삼키는 수고까지 할
필요도 없었다. 내가 할 수도 없고 하지 않은 일로도 사
람들은 나를 숭배했다. "혈압도 정상이고 모든 수치가 환
상적이에요. 체액이 정말 깨끗하군요. 믿을 수가 없어요.
세라, 당신은 정말 영웅이에요!"

숨을 쉬고, 소변을 내보내고, 기침을 해내고, 잠을 자
다니! 그보다 더 큰 성취는 없었으며 모두가 나의 업적
을 떠받들고 축하했다. 말기 암 환자가 가여워서 하는
말인 줄 알면서도 나는 그 달콤한 말들에 기대어 지냈

다. 사랑을 원하는 것은 모든 약한 존재들의 생존 본능이니까.

　이상한 말이지만 나는 그때 처음으로 날것 그대로의 사랑을 느꼈다. 나인 채로, 그저 나이기 때문에, 내가 살아있고 내가 기침을 해냈기 때문에 쏟아지는 사랑을. 신생아 시절 잠시 누리고 빼앗겼던, 그저 존재함으로 완벽했던 지위를 다시 누릴 수 있었다. 나의 '있음'이 세상의 모든 것이고 내가 할 일은 그저 있는 것이었던 거짓말 같은 시절.

　ICU에서의 7일은 강렬했다. 2021년 8월, 철저하게 휴먼 빙이었던 일곱 번의 낮과 밤이 내 안에 신의 발자국처럼 푸욱 찍혔다. 나는 그 일을 끝내 기억할 것이다. 그 여행은 깊고 뜨거웠다. 어디에도 가지 않은 채, 나는 가장 먼 여행을 떠났다. 그렇게 먼 길을 떠날 땐 가방을 쌀 수도 없다. 정중한 납치처럼 그 여행은 조심스럽게 날 싣고 가 낯선 땅 위에 내려놓았다. 그리고 생각지도 못한 삶의 놀라운 순간들이 날 웃게 만든다. 이젠 행복처럼 모호한 것이 아니라 몸처럼 확실한 것을 숭배한다. 치아처럼 단단한 것, 머리카락처럼 움켜쥘 수 있는 것, 눈물처럼 머금고 삼킬 수 있는 것이 좋다.

　마흔아홉 살까지는 머리로 살고 오십부터는 몸으로

사는 게 아닐까? 몸에 가까워지는 나이. 새들이 둥지로 돌아가듯 떠돌던 나의 조각들이 몸으로 돌아오는 시간. 줄기차게 떠났던 그 모든 여행의 종착역은 결국 몸이었다. 그래서 오십의 몸은 본격적이다. 이제 기쁨이든, 슬픔이든, 봄이든, 겨울이든 삶의 모든 것이 더 또렷한 색깔로 사무치게 다가올 테니까. 더 예리하게 느끼고 더 날카롭게 반응하며 살 테니까.

무엇이 진짜로 소중한지 매 순간 생각할 테다. 나를 함부로 쓰지 않을 테다. 뭘 보아야 하고, 누굴 사랑해야 하고, 어디로 가야 하는지가 명징하게 보이기 시작했다. '지금부터의 삶은 덤'이라는 말을 나는 싫어한다. 그건 지금 누리고 있는 내 시간을 모독하는 말이다. 내겐 지금까지의 삶이 덤이었다. 덤으로 받은 물건처럼 펑펑 써왔으니까. 이제부터 본품의 시간이 시작된다. 그 모든 아픔과 흔들림을 겪고 나서야 내 몸이 제값을 치르고 산 물건이 되었다. 여기, 나의 가격표가 달려 있다.

죽 을 준 비 ,
살 아 갈 준 비

내가 초등학교 다닐 무렵엔, 취미와 특기를 노트와 필통
처럼 갖고 다녀야 했다. 학년이 바뀔 때마다 취미와 특
기, 아빠 직업, 집에 전축(옛날엔 그런 게 있었다)이 있는지
등을 써서 냈다. 아이들의 취미는 독서, 우표 수집, 음악
감상이 주를 이뤘고 특기는 여자아이들은 피아노, 노래,
남자아이들은 태권도, 축구 등으로 정해져 있었다. 심지
어 '특기 학원'이라는 곳까지 있을 정도였으니까. 초등학
교 1학년 때 처음으로 취미와 특기를 적어내라는 종이를
받아들고 집에 왔을 때, 난 아빠에게 물었다.

"아빠, 난 취미가 뭐야?"

아빠는 피식 웃었다.

"어린애가 무슨 취미가 있어. 그냥 사는 게 취미지."

하지만 학교에서 나눠준 종이에 '그냥 사는 거'라고 쓸 수는 없었다.

"그럼 내 특기는?"

아빠는 점입가경이라는 얼굴로 날 다시 봤다. 요샌 애들한테 별걸 다 묻는군, 하는 표정이었다.

"울기! 울기라고 써. 우리 딸은 세상에서 제일 잘 울잖아. 별일 없어도 울고, 한번 울면 끝장을 보고. 그런 게 진짜 특기지."

아빠는 날 안고 빙글빙글 돌리면서 가락을 실어 노래 불렀다.

"우리 울보, 울기가 특기래요, 울기가 특기래요오~"

보다 못한 엄마가 끼어 든다.

"취미는 네가 좋아하는 일을 말하는 거야. 넌 뭘 하는 게 좋아?"

"요구르트 얼려서 빨아 먹는 거."

"그런 거 말고."

"종이인형 옷 그리는 거."

"그런 건 취미가 아니래도. 그래, 그림 그리기라고 해. 인형 옷 그리는 것도 그림이니까. 특기는 일단 피아노라고 써. 그리고 이번 달부터 피아노 학원에 다니자."

　결국 이렇게 내 취미는 그림 그리기, 특기는 피아노가 됐다. 무난하게, 모두가 하는 식으로. 하지만 일곱 살 내 마음 바닥에 꾹꾹 눌러 쓴 내 취미는 그냥 사는 거, 특기는 울기였고 그 뒤로 43년간 고쳐 쓸 필요가 없었다. 고쳐 쓰기는커녕 해를 거듭할수록 '그냥 살기'와 '울기'는 더 확고한 취미와 특기로 굳어져 갔다. 딸의 본성은 물론 미래까지 정확하게 꿰뚫고 있었던 아빠의 통찰력에 경탄할 뿐이다. 그리고 오십이 되자 내 취미와 특기는 전성기를 맞이했다. 정점을 찍었다. 지금 나의 가장 큰 취미는 아침에 눈을 뜨는 것이다.

　만약 누군가가, 이 말기 암의 경험까지를 포함해서 내 삶을 처음부터 끝까지 고스란히 다시 경험하고 싶은가 묻는다면 나는 조금 망설이다 결국은 고개를 끄덕일 것이다. 그것은 정신이 아득해질 만큼 질펀한 판이었다. 나는 아무것도 모른 채 아주 깊은 곳을 들락거렸다. 삶은 내 감정 따위가 흠집을 낼 수 없는 압도적인 장소였다.

　내가 그 일을 왜 겪었는지, 어떻게 느꼈는지는 중요하지 않다. 그 모든 걸 '내가' 겪었다는 것만이 중요하다. 그 모든 순간이 '나였다'는 것이. 고통의 의미 따위는 믿지 않는다. 신이 내게 무언가를 가르치기 위해 이 아픔을 주었다고도 생각하지 않는다. 고통에 의미는 없다. 고통을 견뎌야 하는 와중에 의미까지 찾아야 할 이유는 더더욱 없다. 신은 우리가 배우길 바라기보다는 경험하길 원한다. 들쭉날쭉 날뛰며 그가 펼쳐 놓은 판의 뾰족한 모서리까지 살아보길 원한다. 그것이 신이 우리를 사랑하는 방식이다. 그래야 이 모든 것들이 설명된다. 내 안에서 종양이 사라지게 해주는 것이 아니라 그것을 내 식대로 겪게 하는 것. 내가 공포를 느끼고, 좌절하고, 내 식대로 몸부림치게 하는 것. 그리하여 '나' 경험을 완성하게 하는 것.

이 병은 신이 준 것이 아니다. 내가 경험한 것이다. 우주가 날 강하게 만들기 위해 내려준, 애정 어린 시련도 아니다. 적어도 나는 이 거대 종양에서 애정 같은 걸 느끼지 못했다. 하지만 알 수 없는 건, 그 고통이 선물처럼 느껴지는 순간들이 찾아온다는 것이다. 그것은 내 존재의 가장자리가 확 트이는 느낌이다. 그 열린 틈으로 나는 화해한다. 외로움과 분노와 주삿바늘과 찌그러진 폐와 지긋지긋한 단백질 주스까지도 '나'의 환한 영역으로 들어와 사이좋게 와글거린다.

헤밍웨이가 말했다. '인간은 모두 부서져 있다. 그 부서진 틈으로 빛이 들어온다.' 내 몸에 뚫렸던 아홉 개의 구멍으로 들어온 빛이 그저 존재하며 살아있는 한때를 환히 비쳐주고 있다. 난 죽어가고 있었지만 그때만큼 살아 있다고 느낀 적이 없다. 모든 것이 내 살갗 아래서 살아 펄떡펄떡 뛰고 있었다.

매일 기적이 일어났다. 어느 날은 고개를 돌려 창밖을 볼 수 있게 되고, 다음 날은 토하지 않고 물을 마실 수 있게 되었다. 그때마다 감격에 겨워 나는 몸을 떨었다. 낫기 위해서 살아 본 것 같았다. 잃기 싫은 모든 것들을 가진 뒤에 송두리째 빼앗겨 보기 위해서, 그리고 아주 천천히 감질나게 돌려받기 위해서. 줬다가 뺏는 것은 아주 효과적인 방법이었다. 특히 나같이 못된 인간의 버릇을 고쳐 놓기에 그만이다. 나는 울며 매달렸다. '다시 줘요, 그거 내 거였잖아요, 나 줬잖아요!' 삶은 인색하게 조금씩 내어주며 내게 다짐을 받았다. 이젠 잘 갖고 놀아야 돼. 함부로 망가뜨리거나 그냥 처박아두면 안 돼. 그럼 다시 뺏어갈 테니까.

사람들은 묻는다. 죽을 고비를 겪고 나니 삶이 어떻게 보이느냐고. 나에게 삶은 똑같아 보인다. 하지만 삶이 나를 다르게 본다. 삶이 나를 보는 시선이 달라졌다. 삶이 내게 주는 영역이 넓어졌다. 매 순간 죽을 준비와 살아갈 준비를 함께 하는 법을 가르쳐 준 것이다. 단칸방에 살다가 방 두 칸짜리 집으로 옮긴 것 같은 느낌이다. 그 두 개의 방을 드나들면서 미래의 확신 대신 지금 살아있는 것의 환희를 갖게 되었다. 나는 천천히 하나씩 존재하는 법을 배우고 있다. 살아있음의 질감을 느끼는 방법들을.

이 끔찍한 암 덩어리가 내게 준 선물은 지금을 영원처럼 사는 법을 가르쳐 준 것이다. 나는 드디어 에피쿠로스의 참 제자가 되었다. 진정한 의미에서의 쾌락주의자로 훈련받았다. 아무것도 아닌 것들이 주는 쾌락이 해일처럼 나를 덮친다. 나는 이제 사소하고 하찮은 것들에 매혹당할 특권이 있다.

이제 더 이상 꿈꾸는 것들이 눈앞에 나타날 거라고도 믿지 않는다. 대신 삶이란 이름으로 내가 겪을 그 모든 여정이 꿈처럼 아름다울 거란 걸 믿는다. 우스울 정도로 말도 안 되는 방식으로 다른 세상이 우리를 삼킬지라도. 갑자기, 예고도 없이, 순식간에, 몸에 아홉 개의 구멍이 뚫려 외계에서 눈을 뜰지라도.

삶은 언제든지 끝날 수 있다. 하지만 그렇기 때문에 우리는 언제든지 살아있을 수 있다. 살아가기 위해 두려움을 없애야 하는 것이 아니다. 두려워하면서, 슬퍼하면서, 상처를 안고서 우리는 이 여행을 해야 한다. 두렵기 때문에 더 멀리 떠나고 슬프기 때문에 더 깊은 사랑을 하면서 우리의 이야기는 아름다워진다. 누군가 묻는다면, 삶이 눈부신 것은 인간의 운명을 계획하고 심판하는 신이 있기 때문이 아니라 맨몸으로 그 모든 소동을 맞닥뜨리고, 짓이겨지고, 다시 환하게 불 밝히는 인간의 연약함 때문이라고 말할 것이다.

나는 좀 더 내가 되었다.

좀 더 뜨거운 방식으로 내가 되었다.

이것은 시간의 선물이기도 하고 상처의 선물이기도 하다. 아주 미세하게, 마음의 울림이 달라졌다. 아마도 수술하던 날, 외계인이 그냥 보내기 미안해서 내 간을 떼어낸 자리에 기념품으로 슬쩍 놓아두었나 보다.

앙 코 르 리 스 트

나는 암센터 대기실을 좋아하는 몹시 희귀한 종족이라 항상 두어 시간 전에 도착해서 앉아 기다린다. 그곳은 기다리기에 완벽한 장소다. 섬세하게 조율된 공기가 그곳에 있다. 그곳에선 내 시간이 될 때까지 아무 일도 일어나지 않는다. 기차역의 대합실처럼. 게다가 이 대합실은 편안함과 안심을 주기 위해 특별히 설계된 공간이다. 천장과 벽지, 카펫의 색 그 어느 하나 튀거나 거슬리지 않게 서로 녹아들고, 부드러운 곡선으로 마감된 소파는 적당히 단단하다. 파스텔 톤으로 꽃물이 들듯 날염한 헝겊들이 액자에 담겨 군데군데 걸려 있고 사랑스러운 사기

인형들이 갓을 씌운 램프의 우윳빛 전등 밑에서 졸고 있다. 게다가 아래층 카페테리아에서 올라오는 커피와 쿠키의 향기라니!

나는 그곳의 한 귀퉁이를 차지한 채 가만히 있다. 아무것도 하지 않는다. 잡지를 뒤적이지도 않고 폰을 꺼내 들지도 않고 누구와 눈을 맞추지도 않는다. 머물지도 않고 떠나지도 않는 이의 마음만을 가지고 웅덩이처럼 고여 있는다.

그날은 예상보다 빨리 내 이름이 불렸다. 낯익은 간호사 카일리였다.

"어쩜, 마침 일찍 와계셨네요. 오늘은 혈액검사도 해봤으면 좋겠다고 닥터가 말씀하셨거든요. 혈액 검사실에서 잠시만 기다려 주시겠어요?"

가리키는 대로 복도 끝에 있는 작은 방에 들어가니 그녀가 옆방에서 동료와 함께 검사 준비를 하며 나누는 말이 들렸다. 사노라면 정말 많은 것을 엿듣게 된다.

"세라? 이 사람, 내가 아는 그 세라 맞아?"

동료인 듯한 젊은 남자의 목소리가 들린다.

"응, 맞아. 그 거대 종양."

"그 세라가 아직 살아있다고? 설마! 농담이겠지."

풋, 웃음이 터져 나왔다. 이곳에선 내 이름이 '거대 종

양이었구나. 그의 말대로 내가 살아있다는 사실이 견딜
수 없이 우스운 농담처럼 느껴졌다. 그리고 다시 이름을
바꾸어야 할 때가 왔음을 알았다. 농담, 농담이라고 부르
자. 안녕하세요, 저는 농담이에요. 그냥 농담이라니까요.
원래 농담일 뿐이었어요. 오로지 웃자고 하는 소리인 걸
요. 제발 절 심각하게 받아들이지 말아 주세요. 저를 보
시거든 그냥 웃고 넘어가 주세요.

데이비드 소로는 말했다. '깊이 살아라, 삶의 골수를
빨아라!' 그가 말한 것이 '해본 것'들의 컬렉션을 의미할
까? 5박 6일 동안 관광 명소를 모조리 섭렵하고 인증샷
을 남기기 위해 야간 열차에서 쪽잠을 자는 조급한 여
행객이 되라는 뜻이었을까? 죽기 전에 가봐야 할 100곳
이라고? 그런 건 누가 정하고 우리는 그것을 왜 완수해
야 하는가? 우리는 왜 그런 것들을 만들어내고 집착하
는가? 아마도 쉽기 때문일 것이다. 얼마나 깊이 떠나 보
았는지 헤아리기보다는 몇 군데나 가보았는지 헤아리는
편이 훨씬 쉬우니까.

1년 전, 아무것도 모르던 내가 〈오십이 되기 전에 해
보아야할 것들〉이라는 리스트를 만든 적이 있다. 가장
소중한 친구 5명을 선택하고 그들에게 집중하기, 카페

50곳에서 50 종류의 커피 마셔보기, 금발로 염색하고 바닷가에서 등 새카맣게 태우기는 벌써 했다. 그 위에 줄을 그어 지운다. 아직 이루지 못한 목록들이 길게 남아있다. 야한 클럽에 가서 탱고 배우기, 인도에 가서 무카르지 스승 찾아뵙기, 판타지 소설 쓰기, 눈 밑 주름 어떻게 하기…. 나는 내 이름을 불러 물었다. '헤이, 농담, 아직도 이걸 원해?' 농담은 고개를 젓는다. 지금 농담해? 눈 밑이 팽팽한 시체가 돼서 어쩌자는 건데? 남아있는 리스트도 죽죽 그어 지운다.

그건 오십에 죽을 사람이 만든 게 아니었다. 오십이 훨씬 넘어서도 살아갈 내가 원하던 것들이다. 너무 늦기 전에 그런 걸 다 해본 사람으로서, 그 뒤로도 아주 오랫동안 살아갈 속셈으로. 그러니까, 그건 집에 들이고 싶은 가구 목록 같은 거였다. 그런 걸 다 들여 놓은 집에서 살아보겠다는 야심찬 설계였다. 그런 추억과 성취 속에서 눕고, 앉고, 벽에 걸어놓고 바라보면서 그것들에 둘러싸여 지내려고. '이 소파를 거실 한가운데 놓고, 이 텔레비전으로 한쪽 벽을 꽉 채우고, 이 스칸디나비아산 램프로 침대 맡을 밝히고 나면 미련없이 이사 갈 수 있어' 하는 마음이 아니었단 말이다. 다음 주에 그 집을 떠나게 생겼는데 여전히 그 가구 쇼핑을 끝내고 싶어할까? 죽기 전에 버킷리스트를 완수한다고? 그보다 더 바보 같은 짓은 없다. 학교가 문을 닫았는데 방학숙제를 마저 하려 들다니. 농담 씨, 남은 방학은 그냥 잠자리채나 들고 수박을 먹으며 지내는 게 어때?

정말 항구를 떠나야 할 시간이 임박했다는 걸 알게 되면 버킷리스트는 의미를 잃는다. 정말로 마지막 순간이 오면, 마음은 가보지 못한 길을 가려 들지 않는다. 대신 추억 속 그 길을 다시 걷고 싶어 하고 내가 알던 이들을 한 번 더 보고파 한다. 만약 마지막 한 끼 식사를 하고 삶을 떠나야 한다면 난 망설임 없이 비오는 날이면 먹었던 엄마의 감자 수제비를 택할 것이다. 그렇게 버킷리스트는 사라지고 앙코르 리스트가 떠오른다.

ICU에서 실낱같이 위태위태하게 이어지는 마지막 하루들 속에서 나는 목이 메도록 앙코르를 불렀다. 그 저녁의 홍대 거리를 한 번 더, 그 남자와 헤어지던 크리스마스 이브 밤을 한 번 더, 햇볕에 바싹 말린 잠옷을 입고 늦잠을 자던 그 아침을 한 번 더, 나는 그런 소소하고 하찮은 것들을 한 번 더 누리고 싶어 미칠 것 같았다.

앙코르, 너무나 내 식으로 엉망진창인 그날을 한 번만 다시 살게 해줘! 친구들과 술을 진탕 마시고 〈서른 즈음에>를 고래고래 부르던 스물일곱의 그 밤을 다시 가볼 수 있다면. 영원히 살 것 같던 시절로, 서른이 상상할 수 있는 가장 암울한 나이였던 그 밤을 한 번만 더 새울 수 있다면.

죽음이 안타까운 것은 잃어버릴 미래 때문이라기보다는 사라져갈 과거 때문이다. 여행 마지막 날 카메라를 도둑맞은 것과 같은 상실감. 내가 가진 것은 과거뿐이다. 나는 과거를 부여잡고 과거를 아름답게 하기 위해 지금도 여기서 이러고 있다.

사 랑 이

하 찮 을   만 큼

사 랑 해

6월이다. 고래 철이다. 모두가 고래를 기다린다. 아이들을 데리고 강아지들을 이끌고 아예 바닷가에 돗자리를 깔아 자리를 잡고 사람들은 고래를 기다린다. 나도 매일 아침 고래바라기를 하러 바닷가에 간다. 요즘엔 이런 일들이 무척 중요하게 느껴진다. 비오는 날엔 청개구리를 보고 봄엔 새싹 샐러드를 먹는 것. 시간이 내미는 자잘한 선물들을 알뜰히 받는 것에 마음을 쓴다.

고래를 보면 꼭 물속에 사는 내 쌍둥이 형제를 보는 것 같다. 오늘 그를 볼 수 있다면 좋을 것이다. 고래는 원래 바다 생물이었지만 많은 바다 생물들이 그렇듯 천천히 시간을 들여 육지 생물로 진화했다. 그런데 어느 날 문득 바다로 돌아가기로 결심한다. 그래서 '바다에 사는 포유류'라는 전무후무한 존재가 된다. 어떤 이론과 논리로도 고래의, 이 되돌아가는 진화를 설명할 순 없다.

인간과 더불어 고래는 폐경을 하고 나서도 40년 넘게 삶을 이어가는 거의 유일한 동물이다. 생물학이나 유전학적으로는 말도 안 되는 일이다. 삶이 인간과 고래에게 유전자를 남기는 생물학적 이유 말고도 존재해야 하는 이유가 있다고 말하고 있는 게 아닐까? 땅을 밟고 허파 호흡을 하며 지내다가 결연히 바다를 향해 돌아서는 고래의 표정을 떠올릴 때마다 가슴에 눈물이 맺힌다. 고래는 외롭고 두려웠을 것이다. 이젠 아가미도 없는데, 퇴화해 버렸는데. 하지만 고래로 존재하기 위해서는 그 여행을 떠날 수밖에 없었을 것이다. 그 마음을 나는 안다.

오늘 아침, 한 아주머니가 개 다섯 마리를 치마폭 위에 앉히고 바다를 바라보고 있다가 내게 눈인사를 한다.

"오늘은 고래가 보이나요?"

내가 묻자 아주머니는 웃으며 고개를 젓는다. 그녀의 풍성한 체크무늬 주름치마가 잔디 위에 둥그렇게 펼쳐져 있다. 빨강머리 앤이 초록 지붕 집의 초원으로 소풍 나갈 때 입을 법한 치마다.

"너도 내 치마 위에 앉아. 그냥 앉음 바지에 풀물 들어."

나는 그녀의 강아지들과 함께 그녀가 펼쳐 놓은 둥그런 우주에 앉아 고래를 기다렸다. '오, 이 멋진 신세계! 나 오로지 꿈꾸고 방랑하기 위해 태어났다네.' 마음이 고래의 노래를 부르기 시작했다. 그 아침, 모든 것이 날 매혹시켰다. 생명 있는 것들 모두가 바다처럼 일렁이며 빛을 뿜었다. 아아, 그 반짝임을 막을 길이 없었다. 아름다움은 에너지였다. 아이스크림을 핥으며 지나가는 할머니도, 재잘재잘 다투는 어린 커플도, 나란히 잠든 두 마리 고양이도 분출하는 에너지로 솟아올라 흘러넘쳤다.

아니다, 넘치는 것은 나였다. '나'라는 사건이 무르익어 터져버린 거였다. 지금 붙잡아 고백해야 한다. 이 풍경을 부여잡고, 스쳐 지나가려는 이 느낌을 돌려 세워 당장 고백하자. 너 정말 아름답다고, 늘 보고 싶었노라고, 사랑이 하찮을 만큼 사랑한다고, 춤을 추자고.

오늘도 바다에서는 아무 일도 일어나지 않았다. 혹등고래가 헤엄쳐 오지도 않았고 풍랑이 일지도 않았다. 초겨울의 바다는 끝없이 펼쳐진 무소식이다. 그것처럼 마음이 놓이는 풍경은 없어 그걸 확인하려고 사람들은 바닷가에 나와 앉아서 지루한 척했다. 그리고 가만히 안도

했다. 오늘도 무소식, 텅 빈 우편함을 보는 것처럼. 저 멀리서 일렁이고 반짝이는 무소식들을, 그 사소한 뒤척임이 발치까지 밀려오는 것을 보려고 사람들은 아침부터 서두른다. 안심이 밀려오는 바닷가에 앉아 언덕처럼 서로에게 기대어 쉰다.

나는 고래를 보러 갔지만 한 외다리 청년이 서핑 보드 위에서 파도를 타는 것을 본다. 키가 크고 연갈색 머리카락이 아름다운 청년은 서핑 보드에 오르기 전 왼쪽 무릎 아래를 떼어냈다. 그리고 오른쪽 다리로 푸른 고래가 그려진 보드 위에 완벽한 균형으로 늠름하게 섰다. 그 모습에 외다리 병정을 떠올리고 말았다. 청년도 분명 누군가의 기사일 것이다. 발레리나 인형을 지키는 늠름한 장난감 병정일 것이다. 그가 외다리로 지켜내는 삶 속에 불길함은 전혀 없어 보였다.

한 어머니도 고래를 기다렸지만 고래 대신 그녀의 아이들이 양동이 가득 주워온 소라고둥을 들고 돌아간다. 젊은 연인이 기다린 것은 고래였으나 그들의 눈앞에서 꼬리를 흔든 것은 바닷물에 흠뻑 젖은 털복숭이 콜리였다. 고래보다 아름답게, 고래보다 다정하게. 우리의 고래 사냥은 이런 식으로 계속된다. 가만히 앉아 막연한 꿈과 같은 무언가를 기다리는 동안 머리 위에, 어깨 위에 떨어

져 내리는 인생의 축복에 젖어 돌아가는 것. 그걸 하려고
마음 어린 사람들은 모두 오늘도 여기 나와 오도카니 앉
아 있다.

어느 새벽, 눈을 떴다. 동틀 녘 첫 푸른빛조차 어리지 않은 아주 단단한 새벽이었다. 통증 때문에 깨어나거나 불면증으로 새벽까지 눈을 뜨고 있어야 볼 수 있는 농도의 어둠이었는데 그날은 달랐다. 무언가 다정한 것이 나를 깨웠다. '이것 좀 봐, 내가 널 위해 뭘 가져왔는지 봐!' 하고 산타클로스가 속삭인 것처럼 놀람과 기쁨이 꿈틀거려 눈을 뜨지 않을 수 없었다.

영문을 모른 채 일어나 앉자마자 눈물이 쏟아졌다. 방울방울 흘러내리다가 곧 가슴을 적시도록 철철 넘쳤다. 내게 도대체 무슨 일이 일어나고 있는지 알 수가 없었다. 그저 너무 벅찼다. 이럴 수가, 이럴 수가! 난 헉헉 울면서 몇 번이고 되뇌었다. 그러다가 문득 내가 왜 울고 있는지 알게 되었다. 내 소원이 다 이루어졌기 때문이었다.

삶은 이미 내게 주기로 약속한 것을 다 주었구나. 내게 보여주기로 한 풍경들을 모두 보여주었구나. 그건 애써 얻지 않았기에 의미 있고 소중했다. 진정한 마법이란 그렇게 일어나는 거였다. 내가 원하는지도 몰랐던 것들이 그냥 스르륵 이루어지는 것. 그렇게 소원이 이루어지고 있던 순간들에 난 엉뚱한 곳을 바라보고 바보 같은 것이나 달라고 기도하고 있었다. 내가 소원이라 믿고 있던 것들은 집착, 엄마의 기대, 백일몽, 질투, 아니면 말도 안 되는 착각이었다.

나는 아빠 목말을 타고 해 지는 골목을 돌아 집에 와봤으며, 벚꽃과 소낙비가 한꺼번에 내리던 날 그 아래서 춤

춰봤으며, 나만이 낼 수 있는 용기를 내어 그 사람을 사랑해 봤으며, 나만이 울 수 있는 울음을 울어 수척해져 보았다. 그 휘황한 순간들이, 그 밤이, 그 낮이 나의 소원이었다. 숨 가쁘도록 매 순간 촘촘하게 이루어진 소원들이 날 살아있게 했던 거였다. 들숨과 날숨처럼.

소원은 언젠가 이루어지는 것이 아니었다. 소원이 이루어졌기에 지금 내가 여기 있는 것이다. 모든 미세한 소원 성취의 순간들이 나를 이루고 나의 세상이 되었다. 꿈꾸던 모든 장면들은 이미 내 핏속에 추억이 되어 흐르고 있었다.

나의 소원은, 나였다.

그 아무렇지 않던 날들의 황홀을, 나는 소원했고 그것

은 이루어졌다. 이런 기가 막힌 행운을 나더러 어떻게 믿으란 말인가!

　그래서 이것은 결국 소원을 이루는 여행을 한 이야기이다.
　나는 여행 이야기밖에 할 줄 모른다.

나의 소원은, 나였다

초판 1쇄 인쇄 2025년 2월 15일
초판 1쇄 발행 2025년 2월 25일

지은이 곽세라

펴낸이 한선화
편집 이미아
디자인 HUCHU
홍보 김혜진 | 마케팅 김수진

펴낸곳 앤의서재
출판등록 제2022-000055호
주소 서울 서대문구 연희로 11가길 39, 4층
이메일 annesstudyroom@naver.com
인스타그램 @annes.library

ISBN 979-11-90710-95-4   03810